ウマし

伊藤比呂美

中央公論新社

目次

なつかし

ニガしマズしウマくなし

またハマる

ウマし

まえがき

あたしはカリフォルニア在住のおばさんである。国を離れて二十数年になんなんとする。

生まれ育ちは東京の裏町の裏通りで、煮物も、そばのつゆも、黒くてしょっぱいのを食べて育った。昭和の中期だったから、給食はパン食で、なまぬるい脱脂乳と、食パンとおでん、揚げパンと涼拌三絲《りゃんばんさんすー》、鯨肉《げいにく》の竜田揚げなどというメニューを食べて育った。十代後半の頃に摂食障害をやって、何も食べなくなり、というか食べられなくなり、飢え果ててやせ細った。それ以降、食べ物が頭から離れなくなった。

一九八〇年代の初めには、やがて夫になる男がポーランドに留学したので、後を追いかけていってそこに住み、社会主義末期の物のない時代、肉もバターも砂糖も配給券がないと買えない、ときにはあっても買えないような時代を経験した。ポーランド料理は脂っこくて塩《しょ》っぱくて酸っぱい。今でもときどき無性に食べたくなる。

それから日本に帰って夫と家族を作り、熊本に引っ越した。熊本で生まれた娘たちはやがて熊本弁をしゃべるようになった。夫は関西出身で、タバコは吸ったが酒は飲まず、ご飯が大好きで、カレーとハンバーグが大好きな昭和の子だった。熊本はしょうゆが甘く、みそも甘く、冬には柑橘《かんきつ》類だらけになり、馬刺しをよく食べる。馬刺しには甘いしょうゆがよく合う。

中略。

一九九〇年代の中頃に、娘たちを連れてカリフォルニアのサンディエゴに移住した。そこでもう一人娘が生まれた。次の夫はユダヤ系イギリス人で、三十歳くらい年上で、戦争中は疎開していたそうだ。だから食べ物をけっして残さず、実によく食べ、よく飲み、食べることと食べ物の文化について考えることが大好きだった。うちでもよく人を招いてディナーパーティーをやった。

そういうことは何十年も昔に出した『なにたべた？』（枝元なほみと共著）、それから『またたび』という食エッセイの本に書いてある。あの頃は家族のために日々料理していたのである。

日本生まれの上の娘たちは、おからの煮たのや魚の塩焼きをよろこんで食べる。カリフォルニア生まれの末の娘は、マカロニチーズやブリトーを食べる。ドーナツはみんな好きだ。

娘たちはもう家を離れた。夫はこの連載中に老いて死んだ。だからこの連載のほとんどは、家族のために絶え間なく大量にきちんとごはんを作りつづけるという、あの重荷のなくなった後、自由になった後に書いたわけだ。

あたしの友人には、枝元なほみ、平松洋子といった食べ物関係者が多い。あたしはかれらに、好き嫌いの多い女と思われている。実際そうだ。かれらはすごい。なんでも食べ、何もかも食べつくし、どこまでも追求する。あたしはそうではないのである。

ハマる

「にゃーこ」を探せ

あたしはカリフォルニア在住のおばさんである。国を離れて二十数年になんなんとする。望郷の念に駆られて思い出すのは、何よりも食べ物だ。

何が恋しいといって、まず菓子パン。菓子パンくらいアメリカにもあるんじゃないのと言うなかれ。各種デニッシュ、シナモンロール、メキシコの甘パン（カリフォルニアにはおびただしいメキシコ移民がいる）、アメリカ文化にはそれくらいしかないのである。

日本の菓子パン文化こそ、日本に取り入れられた西洋起源のパンがガラパゴス化した結果であるとあたしは見る。

不思議だ。日本のどんな菓子パンにも、炊き立てご飯のような、湿り気のある、かるい歯ごたえ、日本の洋菓子にも通底する、甘さを押し隠した甘さがある。

ここに「にゃーこの菓子パン日記」というブログがある。あたしはこれを「お気に入り」に設定してあり、twitter や facebook の自分のアカウントは見なくとも、これは毎日見る。欠かさず見る。にゃーこは、ほとんど毎日更新する（二〇一七年十月三十日に最後の記事があり、ヤマザキの「りんごとカラメルのロールケーキ」。その後、更新はない）。

内容はこうだ。ヤマザキパンや敷島パン、フジパンなどという大手パンメーカーの一〇五円や一二六円の袋入り菓子パンを買ってきて、写真に撮り、袋から出してまた撮り、二つに割って断面を撮る。それから食べて点数をつける。ほとんどに四つ星がつく。

菓子パンは見かけによらずカロリーが高い。一個四、五百（キロ）カロリーはざらにある。カップ麺なみである。

にゃーこは油分の多いドーナツ系とホイップ系が好きなようだ。ときどき「うまーい！」と叫び声をあげる。「ぺろりといける」とか「リピ必至」とか書いて平然としている。

あたしは考える、にゃーことは誰か。

きっと、体格は大きくていくらでもカロリーを吸収する。エネルギーに満ちあふれていて、自分の目的のためには手段を選ばない。あたしもそうだ。文章は達者で、的確で、ときに厳しく、経験値の低い若者の手によるとは思われない。いくら甘いものが好きでも、こんなに毎日菓子パンを食べつづけるのは人間わざとは思えないから、あるいは昔の藤子不二雄みたいに、何人かでにゃーこを演じているのかもしれないと考えたが、それにしては文章に統一感がある。甘みを欲するということは、自分を愛する気持ちが尽きることがないということだ。あたしもそうだ。ああ、こうして想像するだに、まだ見ぬ妹か娘のようになつかしい。

あるとき飲み屋で興に乗り、友人のスマホを借りて、このサイトを表示させ、熱心な読者であると打ち明けた。恥ずかしかった。勇気がいった。しかし友人たちは動じず、わらわらと画面に見入って読み始めた。女はみんな菓子パンが好きなのだ。写真はプロなみ、と雑誌編集者の友人が言った。影がうつらないように撮る技術と装置を持ってるよね、と。にゃーこの後ろ姿を、カーテン越しにチラ見したような気分であった。

にゃーこに刺激されて、あたしは日本に帰って菓子パンを買い漁《あさ》る。とは言っても全部はカバーしきれないから、今はとりあえずクリームパン。クリームパンのすべてを見きわめたい。見たら買う。せっせと買う。金に糸目はつけずにパンを買う。今まで買ったクリームパンで、いちばん高かったのが二三〇円だった。

〈クリームパンの現在〉

クロワッサンを食べればパン屋の腕がわかると何かで読んだが、あたしの場合はクリームパン。あたしのクリームパンの原像は、街のパン屋のショウケースの中でジャムパンの隣に並んでいたアレだ。だから現代のクリームパンも、生地はしっとり、クリームはもったりしていてほしいが、そこに昭和のぱさつきと糊《のり》みも残していてほしい。よその街に行くたびにクリームパンを買った。あちこちで「これは……」と息を呑むクリームパンに出会った。神楽坂でも調布でも出会った。出会って息を呑んだ。仙台でも大阪でも福岡でも出会った。意外やオスロでも出会った。そのたびに息を呑んだが、呑みっぱなしである。クリームパンのためにわざわざそこまで戻ることは一度もなかった。クリームパンは、地元で買うに限る。最近見つけた近所のパン屋。そこのクリームパンが絶品で、毎日息を呑みつづけている。

世田谷のうなぎ

あたしはカリフォルニア在住のおばさんである。望郷の念に駆られて、今はうなぎを思い出している。

数年前に『う』（ラズウェル細木作）という漫画を愛読した。全篇うなぎを食べるだけの漫画で、たいした漫画じゃないと思っていたのに、なぜか読みやめられず、気がついたときにはうなぎに執着していた。この漫画に出会うまで、うなぎを食べたいとも思わなかったあたしだ。それなのに、今はうなぎが好きで好きでたまらない。人をそこまで動かした『う』は、すごい漫画であったのだ。

カリフォルニアには鰻屋がない。手に入るのはパック入り中国産のうなぎで、ねばねばの砂糖汁のようなタレにまみれている。カリフォルニアで自虐的に『う』を読みながら、あたしは夢見ていた、鰻屋の鰻重を。そしてブログに書き散らしていた、うなぎ、うなぎ、うなぎ、と。

ある日とうとう、うなぎに出会った。

世田谷の某大学に講演に行ったとき、打ち合わせがちょうどお昼時で、「近所の鰻屋から出前しました、ブログにお好きだと書いてあったから」と鰻重を出してくれたのである。

あたしは息を呑《の》んだ。打ち合わせなんか上の空で、蓋を開け、うち震え、おそるおそる口の中に運びいれたと思ってください。それが！

うなぎの身は柔らかい上にも柔らかかった。雲を食べてるようであった。タレはきりりっと引き締まっていた。潔くてすがすがしかった。雲の中には滋養がみっしりとつまり、それでいて引き締まった感じは、まるで日照りがつづいた後の雨雲のようであった。雷鳴のようにタレが響いた。愕然とした。衝撃だった。

カリフォルニアに来る前は、何十年も熊本に住んでいた。東京のうなぎは背開きで蒸してある。関西のは腹開きで蒸してない。熊本のうなぎは関西風で、タレが甘い。くそ甘い。あたしは何十年とそういううなぎを食べて、東京のうなぎを忘れていたのである。

それからあたしは、うなぎ雨雲雷鳴説を掲げて、東京に行くたびうなぎを食べた。

なにしろ今は稚魚が不漁で、うなぎは高騰《こうとう》で、鰻屋もたいへんだ。こっちの懐もたいへんだ。稚魚は高騰でもうなぎはおいしい。どこのもおいしい。でも違う。どんなおいしいうなぎも雨雲や雷鳴じゃないのである。あの世田谷の衝撃が再現されないのである。

あたしは必死にネットの中を探しまわった。某大学に出前可能な鰻屋という鰻屋の中から、たぶんココだという鰻屋をとうとう突き止めた。でも確証がない。一度その店に行かねばならぬ、行って無心に味わってみにゃならぬと思いつめたが、カリフォルニア在住の身に世田谷はあまりに遠し、もんもんと悶《もだ》えていたのである、何か月もの間。

こないだ某大学の人がメールをくれた。飛んで火に入るなんとかだ、あたしは渾身の力で空っとぼけて「ところで、あのときのうなぎは下高井戸《しもたかいど》の宮川でしたか」と尋ねてみた。「そうです」と返ってきたときのうれしさを何にたとえていいかわからない。強《し》いていうなら、特上の鰻重七人前か。さんまが目黒なら、うなぎは世田谷だ。

さくさくっとホットチートス

　今はカリフォルニアに住んでいるが、あたしが育ったのは、東京オリンピックで沸きたつ東京だ。目の前でがらがらと価値観が崩れ、古いものが捨てられ、新しいものに取って代わられていくのを見た。そしてあたしは、未知の味にのめりこんだ。オリンピックの年に発売された「かっぱえびせん」である。

「やめられないとまらない」のCMに囃《はや》したてられて、食べた食べた食べた食べた食べた食べた食べた食べた食べた食べた食べた食べた食べた。

　あの記憶が身体の奥に残留していて、ときどき疼《うず》く。疼くから、ここでもそういうものに手を出す。アメリカはそういうものであふれ返っている。しかし何を食べても、かっぱえびせんに勝《まさ》るものはない。長い間そう信じて、かっぱえびせんが手に入らないときは、韓国製のジェネリック製品を食べたりしていたのである。

　しかし数年前、コレに出会って恋に落ちた。落ちて溺れて、かっぱえびせんを裏切った。コレより他は目に入らなくなった。その名も「ホットチートス」。残念ながら、日本では売ってない。

原材料はトウモロコシ(と添加物)で、かっぱえびせんより締まってしぶとくて重たい歯ごたえ、この歯ごたえはアメリカのスナック菓子に共通してあるものだ。そして日本のスナック菓子には、かっぱえびせんに限らず、軽さと繊細さが共通してある。なぜか。いつか研究しよう。

ともかく、締まってしぶとくて重たくても、所詮はスナック菓子なので、さくっといける。さくさくっといける。さくさくさくっと永遠にいける。

表面には、チーズ(と添加物と大量の塩と砂糖)をまぶし、チリ・パウダー(と赤と黄色の着色料)をまぶしてある。しょっぱく、やや酸っぱく、遠くの方にまったりとチーズ味が利かせてあり、でも何よりも辛く、口の中に細かい穴が一斉《いっせい》に開いて、見えない扇風機に吹かれているように、すーはーする。そんなに辛いのに、不思議だ、今まで食べたどんなスナック菓子よりも滋味のある味なのである。

ママの味というよりは、ママに見守られて遊んでいる子ども味の食べ物。いや違う。こんなものを食べ物と呼んだら、人類は滅びる。食べ物というよりはおもちゃ。いや違う、おもちゃのようではあるが、あの奇菓「ねるねるねるね」ほど逸脱してない。

それにしても、かっぱえびせんやホットチートスのたぐいを食べはじめたらやめられないのはなぜか。

目を閉じて、あたしは考えた。そしてそれは、あたしらが昔、猿で、森に棲《す》んでいた頃のDNAが勘違いしてるせいだろうと結論した。

あの頃は、いっぱつでエネルギーがみなぎるような高カロリーのものは何もなかった。ご飯もパンもなかった。肉も魚もめったに手に入らなかった。生きるには、低カロリーのものを必死に食べるしかなかった。果物や木の実があればいいが、ないときには、木の葉とか木の皮とかを際限なく食べた。それで、さくさくっとあごが咀《そ》嚼《しゃく》し始めるや、猿のDNAが奥の方で目を覚まし、際限なく手を出してしまうのである。

木の葉や木の皮ではない、目を覚ませ、でないと死ぬぞ、とあたしは言い聞かせるのだが、勘違いしたDNAたちはなかなか言うことを聞かない。

締切り前のモンスター

あたしの職業は詩人である。日本語でものを書き、日本の編集者の元へ送っている。日本語で書いて日本で出して日本の読者に読ませるならば、日本に住めよと思うでしょう。人生は複雑で、あっちに曲がりこっちに曲がりしているうちに、ここに流れ着いてしまったのだ。ここに家庭があり、夫がいて、娘たちがいる。そして締切りというものと日々戦っている。

みなさんはテニス界の王者ラファエル・ナダルをご存じだろうか。可愛い顔をしたたくましい男なのだが、彼が、試合中、サーブ前、必ず同じ動作をする。お尻をさわり鼻をさわり両耳をさわるのだ。験《げん》かつぎか精神集中のための儀式か。あんなに強くて若くてかっこいい男と、こんなおばさんを混同しちゃいかんと思いつつ、ナダルがやってるのを見ると共感する。あたしの締切り時にも、験かつぎのような儀式があるからだ。

まず、エナジードリンクを飲む。

日本にいるときは眠眠打破《みんみんだは》というのを愛飲しているのだが、実は、あたしにはカフェインが効かない。あれを飲み干した五分後にだって爆睡できる。しかし儀式である。あたしは今コレを飲んだ、崖っぷちだから飲んだのだということを認識して崖っぷちに立つ心意気が、これで生まれる。

で、それの代役が、カリフォルニアでは「モンスターエナジー」。いろんなエナジードリンクを試してみたが、違う文化の中の清涼飲料水、ないしは医薬部外品は、ほとんど違う言語でのジョークと同じであり、味も、色も、こりゃ飲み物じゃないと思うときがある。いくつか飲んでみて、ゆるせる、という味が、あたしの場合、モンスターだったというわけだ。

各種のモンスター製品の中でも「究極のゼロ」という名の人工甘味料のを飲む。いくら飲んでもカロリーはゼロだ。当然ながらカラダにいいとはとても思えないが、勉強不足につき、この液体の中に何が入っていてどうカラダに悪いか知らないのであり、また知る気もない、と。

実はアメリカではちょっと前に問題になった。ガブ飲みした人が死んだ、何人も死んだというのである。訴訟も起きた。事実関係はまだわかってないようだ。なに、飲むのをやめるかって。やめませんよ。フグを食べる人の気持ちになって、崖っぷち感が極《きわ》まっただけである。

ぷしゅっと蓋を開け、締切りと戦う間、ずっとすすりつづける。コップにあけて飲もうた思わないのは色にぎょっとするからだ。ちびちびやってるから、ときには一日で飲み切れず日をまたぐ。しゅわしゅわが消え失せ、ノシたように平べったいただの甘味水になっているが、それでも効果は持続する、と思う。

さて、次にチョコレートをなめる。カカオ含有率の高い苦みのしっかりしたやつを、小さくかち割って、一つずつ口に入れてなめ回す。小さくかち割るのはカロリーが怖いせいで、気にならなければもっともっと食べたいのだが。

舌の奥に載せて、長い間かけてとろかしていく。糖分が唾液や粘液から、全身の血管にゆっくりと染みとおっていく。気に入ってるのは、リンツの板チョコの海の塩のじゃりじゃりまじったやつ。塩分と糖分を同時に補給して、頭の疲れに備えているわけだ。

さらに勇ましく締切り日を戦いつづけるためには、生卵と生《き》じょうゆも必携なのだが、紙面が尽きてしまった。次の章で詳しく語る。

〈この頃の愛用〉

ある日、熊本の山奥の小さなお店で見慣れないボトルを見かけた。町田シナモンと書いてあった。これはなんですかと聞くと、シナモンですよとお店の人が言う。シナモンだと言うからにはシナモンだろうと思って、一本買って、その場で飲んでみた。そしたらまさしくシナモンだった。大びんを買って帰って、あっという間に飲み終えた。それからあたしはネットで検索して箱買いしたのだった。一朝事あるごとに（オンラインの授業とか締切りとか）水割りにしてぐびぐび飲んでいるが、これが凄い。滋味で効かせるというよりは、毒をもって毒を制す的な激しい主張に、こっちの脳ばかりか姿勢までもしゃっきりする。

生卵をゴクリゴクリと

カリフォルニアの生活で、何がいちばん不自由かというと、卵のパックに例外なく「生で食べるな」と印刷してあることだ。

あたしは生卵好きである。菌が怖くてカリフォルニアに住めるかという無闇な覚悟で、卵を割り、醤油《しょうゆ》は多め、ご飯は少なめ、卵かけご飯というよりは、卵液にご飯が浮いてるという状態ですすり飲む。西欧文化ではやらない、すすり飲むという行為である。舌の奥から喉《のど》へ、そして脳へ、震えが走ってしゃきっとするのである。締切前など、これなしではいられない。

先日、某誌で平松洋子にインタビューされて以来、卵と自分について考えている。あのとき、聞き上手の洋子さんにおびき出されたように、自分の中の卵に対する異常な愛情がつるつると際限なく出てきたのには驚いた。ただの「卵ばな」に始まったのに、無意識の底の奥の方まで届いて、あたしの口から何かが際限なく出たのである。

卵好きは自覚していたが、まあ普通の卵好きだと思っていたのだが、どうもかなり常軌を逸した卵好きであるようだ。一日に一個や二個じゃない。五個も六個も七個も食べる。そしてこの卵好きの原因は父にあるというのも、自覚はあった。

卵好きの父だった。昭和三十年代、元気が足りない、精をつけたいと思うと、父は、生の卵の殻に、箸《はし》でコツリと穴を空け、そこから醬油をたらーりと垂らし入れ、そのままゴクリと一気に呑んで、「おー、元気になった」と言う父を、あたしはかっこいいと思っていた。いつかおとなになって、ああやってゴクリと卵を呑んでみたいと思っていた。

その父も今は亡《な》い。あたしは何年間も、カリフォルニアから父の独居する熊本に、最初は数か月おき、やがて隔月、最後の頃は、ほとんど毎月のように通っていた。いわゆる遠距離介護である。

死ぬ前の父は老いさらばえた老人で、あたしは寄りかかられ、重たくてたまらず、父の気持ちを思いやる余裕なんてなくなっていて、もちろん向こうにも娘の苦労を思いやる余裕なんてカケラもなくて、しかたがない、どうしようもない、あたしは粛々《しゅくしゅく》と(かなり超人的に)行ったり来たりをくり返していたのだが、父が死んでみたら、後悔だらけ。

なんでもっと帰ってやらなかったかとか、なんでもっと寂しさや不安を理解してやらなかったかとか、なんでそもそも老いた親を置いてカリフォルニアくんだりまで来ちゃったのかとか。

そんなとき、卵かけご飯は、父とあたしをつなぐ一つの線だ。

仏様に毎日ご飯を供《そな》えるように、あたしは、父のために卵かけご飯を食べる。卵かけご飯に入れるご飯もどんどん少なくなり、ゴクリゴクリと呑み込むように食べる。ほとんど、昔あたしがあこがれた、父の卵のイッキ呑みに近づいている。生卵の食べ方なんかをDNAに左右されてたまるかと思いつつ、父に対する祈りのような心持ちで、父の行動をくり返しているような気がするのである。

ポテトチップスの正しい食べ方

今回は、アメリカの国民食について話そうと思い、ポテトチップスとドーナッとクッキーの間で心が揺れ動いた。悩んだ末に、ポテトチップスについて話す。

そもそもこの国では（いや、西洋はどこでもそうだろうが）、揚げたジャガイモが、料理のつけ合わせについてくる。実によくついてくる。揚げた魚についてくる。焼いた肉についてくる。蒸した貝についてくる。サンドイッチやハンバーガーについてくる。人々はこれを偏愛している。この愛を製品化し、おやつ化し、袋入りにしたのが、今、話しているポテトチップスだ。揚げたてのイモより軽くて食べやすく、いくらでも食べられ、カロリーが高く、よく太り、体に悪い。でもウマいのである。これを食べて、まずいという人はまず居ないというウマさなのである。

熱意と探求心を持って、あたしはいろんなメーカーのいろんな作り方のいろんな形のいろんな味のポテトチップスを買い集め、食べ比べた。しかしまあ、日本で手に入らないものが多く、基本はどれもウマく、つまり、ここで並べ立てても詮ない知識であり経験である。しかし、発見が一つあった。これは人に伝えねばならないと思った。

サンドイッチに入れると、ウマいのである。

どこのメーカーのどんな味のポテトチップスでもいい。歯ごたえのしっかりしたものがいい。ターキーハムのサンドイッチを開いて、ポテトチップスを数枚、挟んでごらんなさい。噛むや口の中でぱりぱりカリカリと砕かれて、えも言われぬ食感のよさ。口にひろがる油感。ただのハムサンドが、揚げたてハム天サンドになる。きゅうりとトマトのサンドイッチに挟んでごらんなさい、揚げたて野菜天サンドになる。

あたしはさらに考えた。サンドイッチでこれだけウマいのなら、炊き立てのご飯でもウマいだろう。ふりかけとして、完璧ではないか。

実行にはやはり抵抗があった。食べ物とは、という常識をくつがえすために必要な抵抗であった。

われわれの文化には「たぬきそば」というものがある。かけそばに、揚げ玉を入れたやつだ。ポテトチップスかけのご飯が糖質と油分と塩分でできているなら、たぬきそばだって糖質と油分と塩分である。冷やしたぬきだってそのとおり。カロリーも栄養も同じようなものだ。それなのに、人は、揚げ玉にコンソメ味やのりしお味をつけて袋に入れてカウチで食べるなんてことはしない。ただ、おそばに入れるだけ。

おそばに入れるんなら、サンドイッチに入れたって、ご飯にかけたってとあたしは思い切り、ずいと踏み込んでみたところ、今いちだった。純正のふりかけは一に塩分、二に塩分、しかしポテトチップスの主成分は、まず油で、塩分は二の次であるというところを見誤っていた。

今、いちばんおすすめしたいのは、卵かけご飯である。すでにしょうゆがかけてあるから、塩分には事欠かない。そこにポテトチップスをざっくり砕き入れる。黄身のねっとり、白身のずるりに、ぱりぱりカリカリさくさくが絡み合い、すべての快い食感が一口のうちに具現するのだ。

〈ポテトチップスの現在 1〉

あたしはポテトチップスの中でも二つ折りのやつに目が無くて、そればっかり選んで食べてる行儀の悪い人間である。成型ポテトチップスなんて、みんな同じで息がつまる。（58ページにつづく）

浄土行きのかき卵

或るとき或る人に「人生の最後に何を食べたい?」と聞かれて、「生卵かけご飯」と答えた。

聞いた人は「僕はカツ丼」と自分で言って、そこにいた人たちみんなに、「そんなもの食べられるんなら、まだ死なないんじゃない」と言われていた。

カツ丼は無理かもしれないが、あたしの望んだ生卵かけご飯なら、嚥下《えんげ》障害のある老人になっても、なんとかすすり込めるような気がする。

卵かけご飯を食べないでいられないのは父の呪いかと思っていたのだが、その人にそう答えてからのあたしは、いつ死んでも悔いのないよう生きるために、卵かけご飯を食べる。もう必死である。

数年前の冬のこと。友人に枝元なほみという料理研究家がいる。この女、長年のつきあいで、あたしの好みを熟知している。ある日東京で顔を合わせるなり「比呂美ちゃんのためにあるような料理をとうとう見つけたから、今から行こう」と、手を引かれんばかりにして連れて行かれたのが、あの有名な、三田のフレンチレストラン、コートドール。

それは「黒トリュフのかき卵」と呼ばれる一皿で、卵がとろりと皿に広がってい、トリュフが黒ぐろと刻み込まれてい、赤黒いソースに周囲を取り巻かれていた。

かき卵と呼ぶからには「搔いて」作ったんだろうが、卵をどういう火でどういう器具で、中に何を入れてどう搔いたら、ああなるのか。今まで、オムレツ、スクランブルドエッグ、ポーチトエッグ、卵のてんぷら、親子丼、卵とじ、さんざん作って食べてきたというのに、どうしても想像がつかなかった。

あたしはトリュフの匂いも知らなかった。でも一口めを口にふくんだとき、あ、生臭いと思った。生乾きの木のような生臭さ。皮膚の裏のような生臭さ。でも不快な生臭さじゃなかった。卵の匂いだったか、トリュフの匂いだったか、どうもわからない。味のすべてが、一言で言い表すなら、獰猛《どうもう》だった。

枝元やあたし自身のこれまでの数十年間を思い起こした。あたしたちは同い年で、二十代の初めに知り合って、今は六十を少し過ぎている。四十年間、つかず離れずつきあい続け、お互いの男はぜんぶ知ってる。ここ数十年間、あたしは東京に行くと枝元の家に泊めてもらって、猫と寝る。その猫ももう何代目かだ。

あたしたちは今まで、この一皿の卵と同じくらい獰猛に生きてきた。

その卵は、あたしたちの口の中で、さっきまでおまえの体の中にいたのだと主張していた（ほんとはどこかのトリの体の中にいた）。トリュフは、森に生成するものはすべて、新芽も、朽葉《くちば》も、蜘蛛《くも》の巣も、微生物も、木洩《こも》れ日も、自分のものだと主張していた。ソースは、新鮮な赤い血が、時間が経《た》って古血《ふるち》になりましたというような色だった。ああ、おお、いちいちが、かぎりなく獰猛だった。

しかし、新鮮なまっ赤なワインを口に含むや、その獰猛さがしゅっと鎮《しず》められ、あたしたちの老いた体に同化していったのである。

あたしは感動して、人生の最後には生卵かけご飯とひたすら思ってきた考えを一気に改めた。

これを食べたい。これならどんな末期《まつご》でも、口にすんなりと入るだろう。そして間違っても、カツ丼みたいに冥途《めいど》への道のりを邪魔することはないだろう。

そう言うと、枝元が、「必ずテイクアウトしてきてあげるから、ワインつきで」と頼もしく請け合ってくれたので、あたしの浄土行きは確実のような気がする。

〈浄土行きのとろろ〉

このごろあたしはさらに老いて（六十五歳）、枝元も老いて（六十五歳）、何か食べに行こうかということになると、とろろだったりする。とろろ。あたしがこのところ、数か月の間、ずっととろろに、毎日毎日食べつづけたほどとろろに、ハマり抜いていたのである。それで枝元は今、あたしが末期をむかえたら、そのときはとろろを、おろしてすって、出汁《だし》を入れてよくすって、もちろん生卵も入れてよくすって、枕元に持ってきてくれると言っている。でもその前にあたしは、枝元が末期をむかえたら、あたし訳の般若心経を唱えてあげると約束しているのだ。

出会う

一人蕎麦屋

あたしはカリフォルニア在住のおばさん、生まれ育ちは東京だが、今は熊本に家が残してある。カリフォルニアに渡る以前は熊本在住だったのだ。諸般の事情で（説明するのめんどくさくなった）。ときどき帰って一人暮らしを臨時にする。熊本には老いた父がいたのだが、数年前に死んで、もう誰もいない。そして、ここに問題がある。あたしは一人で食べ物屋に入れない。

二十代の初めの頃、東京に住んでいたのだが、最初の夫が出て行って一人になった。あのとき、やはり食べる物に困った。コンビニでいつでも食べ物が買える時代ではなかったから、困ったあげく、なんとかハンバーガー屋に一人で入れるようになった。今でもハンバーガー屋になら入れるが、この年になると、どうもああいうものは食べたくない。

しかし人は前進する。

数か月前、あたしは回転寿司に入れた。父は回転寿司が好きだった。熊本に帰るたびに連れて行ったものだ。だからそのときも、隣に父がいる心持ちで入って、父がいる心持ちですわって食べた。食事というより供養であった。テーブル席の方が慣れていたのに、カウンターに案内された。そこには他にも一人客がいた。一人なのはあたしだけじゃないというのが、ちょっとうれしかった。

ところで、あたしは蕎麦が好きだ。大好きだ。でもお蕎麦なら自分で茹でられるし、つゆも作れる。お店で食べたいなどと思わずに生きてきたところ、もう十年以上前になるか、熊本にある更科《さらしな》蕎麦の店で、蕎麦を食べた。ああ、そしたら！ ちょんとつゆを浸《つ》けてつるると口に入れたとたんに、マドレーヌを紅茶に浸したときみたいに、ぐわあっっと、失われた記憶が、東京の子ども期が、襲いかかってきたのである。更科蕎麦は、茹でた乾麺とはまったく違うシンプルさ、力強さ、そして繊細さ。つゆはきっぱりと辛く、穴子天は食べ物というより哲学か神学のようであった。

蕎麦屋は回転寿司よりずっと、一人で入るのが難しい。カリフォルニアで望郷の念に駆られてあの蕎麦を思い出す。ちょんつるるで悶々《もんもん》とする。今度こそと思いながら熊本に帰り、店の前で行きつ戻りつするが中に入ることができない。それを何度かくり返した。

先日、蕎麦食いには最高の雨の日であった……。ついにあたしは蕎麦屋行きを決行した。そのためだけに町なかに出て、掌に汗をかきながらがらりと戸を開け、お一人ですかと聞かれ、はいと答え、掌を握りしめて注文して（穴子天もり）ちょんつるると食べ終えた。

実は、食べた気がしなかった。蕎麦本体も天ぷらも、人と食べたときの方がずっとうまかった。ただ達成感だけがあった。ついにやった、一線を越えたという。越えてみたらそこには、広い青空のような虚無があった。

などと、東京でもう何十年と一人暮らしをしている友人の平田俊子（詩人である）に話したら、「あたしなんか一人でどこでも入れる。昨日は一人でカフェに入ってカプチーノを飲み、一人で台湾料理屋に入って魯肉飯《ルーローハン》を食べ、一人でロックバーに入ってジミヘンやサンタナを聞きながらバーボンを飲んだ」と言われ、思わず、センセイ弟子入りさせてください、と叫んだあたしである。

カリフォルニアの無形文化遺産

和食がユネスコの無形文化遺産に登録されたそうだ。ほほうと思っているアメリカの人々はまず最初に、そうか、じゃアレが無形文化遺産かと、カリフォルニアロールを思い浮かべるにちがいない。

日本人としては微妙な思いだ。まずいものではない。むしろウマい。実は、ときどき、すし飯がこねまわされてぺたぺたにくっついて、型で無感情に成形されたものに出会う。それはまずい。作る人に、ご飯への愛がないとそうなる。しかし、ご飯に忠誠を誓う東アジア人（含日本人）が作ったものなら、とてもウマい。でもそれは和食じゃない。日本料理でもない。カリフォルニア料理とも呼ばれるが、正確には、日系料理と呼ぶべきなのだ。

あたしは国を離れてずいぶん経つから、なんだかこの頃は日本人とも言えなくなり、気持ち的には日系人。でもそれでは、もっと古くから移民して、戦時中は収容所で苦労して、日本語も忘れてしまって……というホントの日系人たちに申し訳ない。少しゆずって新日系人としておこう。

口をひらけば、日本語なまりになまり切った英語が出る。日本語の方がずっと自由に自分を出せる。炊き立てご飯はいつも食べたい。どんなものにもしょうゆをかけたい。でも、後は忘れた。しがらみも、遠慮することも、空気を読むことも、規則でがんじがらめになることも。日本にはもう帰らない。この存在にそっくりなのが、カリフォルニアロールなのである。

基本のカリフォルニアロールは、蟹肉か蟹かまをマヨネーズで和えてアボカドとともに巻く。海苔《のり》の巻いてあるの、巻いてないの、魚卵をまぶしてあるの、揚げ玉をまぶしてあるの……。そしてそこから派生したロールの世界は百花繚乱、魑魅魍魎《ちみもうりょう》。

クリームチーズ入りのフィラデルフィアロール。エビ天入りのシュリンプテンプラロール。唐揚げソフトシェルクラブ入りのスパイダーロール。七色のさしみで巻いたレインボーロール。アボカドのスライスで巻いたキャタピラ《けむし》ロール。上にどおんと一四、うなぎの蒲焼《かばや》きをのせて、甘ったるいツメをかけ回したドラゴンロール。ものすごいボリュームであり、ツメの甘さはシナモンロールやチョコレートブラウニーを連想させるのである。

スシ・バーと呼ばれる日本食屋で、あたしは「ツメなしで」とドラゴンロールを注文する。わさびとしょうゆで食べる。そもそも日本語で注文してるところが「通」である。周囲のアメリカ人どもが、耳目《じもく》をそばだてるのを感じ取る。そして「通」は、ロールの一切れの両面をべったりとしょうゆに浸して食べる。それがカリフォルニア流なのだ。周囲のアメリカ人どもが、ああやっぱりと安心する。

ドラゴンロールと名づけられた、とろっとろのうなぎにアボカドに蟹マヨにしょうゆにわさびにご飯。ウマいまずいというより（いや、むちゃくちゃウマいのだが）、もっと何か、深く、深く、自分自身の生き様に、本質に、ぶちあたる。自分を食べてるような気がする。

カリフォルニアに渡って来て幾星霜《いくせいそう》、日本語もご飯も忘れないが、後は忘れた。

あたしは誰だ。

あたしは、カリフォルニアロールである。

牡蠣とスコッチ

今は、スコットランドのアイラ島にいる。

ここは何にもない小島だが、大麦がよく穫《と》れて、よい水が湧き、泥炭をたっぷり含んだ荒れ野がある。それで、スコッチウイスキーの製造がさかんである。実は、うちの夫、今、カリフォルニアでいっしょに暮らしている夫だが、これがロンドン生まれのイギリス人で、ついでに言うとあたしより三十歳近く年上で、アイラ産のシングルモルトしか飲まないという年季の入ったスコッチ好き。それではるばるやって来たところ、島じゅういたるところに白壁のスコッチ蒸留所がそそり立っている。

来る前に、アイラ島に行ったことのある日本人の友人が囁《ささや》いた。「アイラ島で生牡《なまが》蠣《き》にシングルモルトを滴《したた》らせて食べた。ものすごくうまかった」と。眉唾《まゆつば》で聞いていたのである。牡蠣にスコッチなんて。

ところが、泊まったボウモアという町の小さなホテルのレストランのメニューに、なんと、それがあった。スコッチ好きで生牡蠣好きの夫が、そんな邪道なことをしてみろ、生牡蠣の味をスコッチが殺し、スコッチの味を生牡蠣が殺してしまうと頑固なことを言ってきかないので、あたしの分だけ注文してみた。

実は、あたしはウィスキーが飲めない。十八のとき、ウイスキーコークをがぶ飲みして酷《ひど》い目に遭った。それ以来、口も喉も受けつけなくなっている。しかし虎穴《こけつ》に入《い》らずんばなんとかだ。

運ばれてきたのをみれば、たしかに牡蠣で、たしかにスコッチ。それだけで、レモンも牡蠣用のソースも何にもない。

ナイフでそっと、殻から身をはがして、そこにスコッチを流し込んだ。そして全体を勢いよくずるりとすすり込んだ。一瞬、げっと思ったが、大丈夫、飲み込めた。そしたらなんと……！

冷たくて、冷たくなかった。冷たかったのは冷蔵されてあった牡蠣の体液で、冷たくなかったのはスコッチだ。牡蠣は塩っぱくて、スコッチはほろ苦かった。牡蠣は海臭く、スコッチは土臭かった。牡蠣は甘く、そしたらスコッチもなんだか甘く、二つの臭さと二つの甘さが融合したら、牡蠣には微弱な電流が流れたようで、スコッチには金属音がカンカンと響いたようで、牡蠣はつるりとろりと喉を通り、スコッチは透《す》き通り、牡蠣は若くて生々しく、老いたスコッチは牡蠣のミネラルなミラクル力でぐんぐん若さを取り戻す……。

てなことを一瞬のうちにあたしは味わった。アイラ島から大西洋の荒波に飛び込んで未知の味覚島にたどりついたかと思ったくらいだ。

ホテルのお兄さんがこんな話をしてくれた。

「十五年前に日本人がひとり来て、そこに座って（とレストランの片隅を指さして）牡蠣とスコッチを別々に味わいながら、これにスコッチをかけてみたらどうだろうと言って、牡蠣の殻を割ってスコッチを滴らせて試してみた。それがすばらしかった。それでうちもメニューに載せるようになったし、よそでも出すようになった。とくに日本人が好きなようだ。この町にはよく日本人が来る。スコッチと牡蠣。この組み合わせが、日本人を刺激するんじゃないか」と。

そのホテルは、レストランの評判がよくて便利なところにあるだけで、わりと安いが、部屋も狭く、設備は悪く、海にも面してなく、もっと景色のいいとこを取ればよかったと後悔していたのだが、いや、いいところに泊まったものだ。牡蠣に添えられてきたのは、ボウモアの十二年物。

〈アイラ島行き1〉

スコッチ一口も飲まないが、ちょっと詳しい。値段も存在も、夫の好きさ加減も、プレゼントに最適で、カリフォルニアに住んでいた二十数年間、クリスマス（十二月）とバレンタイン（二月）と誕生日（五月）、そして父の日（六月）に買いつづけたせいだ。おかげで、プレゼント何にしようとめんどくさいことは一切考えずに済んだ。本文にも書いたが、夫はアイラ島モルトが好きだった。カリラ、ラガヴーリン、ラフロイグ、アードベッグ、で、またカリラに戻る、みたいに。それでいつも「アイラ島行きたいねぇ」と言っていたが、ついに、二〇一四年、夫が死ぬ二年前の八十五歳のときに、この旅行を決行したのである。（70ページにつづく）

マーマイトの面影

スコットランドの後は、マンチェスターの近くに立ち寄り、古い女の友人たちと朝食を食べた。その折、なんとウマし、と感動したものがある。マーマイトだ。

こんなものをウマいと思う日が来ようとは思わなかった。こんなマズいものはないと思っていたのである。どんなものかと、読者のみなさんは知りたくてうずうずしてるに違いない。

まず、それはトーストに塗って食べるものだ。胴の太いユニークな形のびんに入って、黒くてねっとりしている。しょうゆを煮詰めたようなものという表現が、いちばん近い。特徴的なのはその発酵臭、原料はビール酵母、つまり、もともとビールの搾りカスで作ったらしい。ジャムに似てるが、ジャムではない。甘くない。むしろしょっぱい。しょっぱい上に発酵臭がしつこいから、たくさんは塗らない。少しだけでいいのである。

あたしの友人たちは五十代、人生の酸いも甘いも辛いも苦いも味わいつくし、苦労に苦労を重ねて生きてきた女たちで、みんな、一枚また一枚とトーストに手を伸ばし、マーガリンを塗り、その上にマーマイトを塗って、うまそうに食べた。あたしも食べた。ウマかったのは、マーマイトの味というより、女たちの苦労した年月かもしれないのだ。

カリフォルニアに帰ってきてからも、食べたくってさんざん探した。しかし無い。どこにも無い。インターナショナルな高級食品はなんでも揃ってるはずの高級スーパー「ホールフーズ」にも無い。

探しながら気がついた。高級品じゃないから、無いのである。

マーマイトが売り出されたのは二十世紀初め、産業革命の影響が、しもじもの生活に及んだ頃だ。フィッシュ&チップス、マーガリン、シリアル、ジン（酒）、どれも工業化で大量生産ができるようになり、生ものを遠くに安価に運べるようになり、都市に流れ込んだ労働者のおなかを簡単に満たすための安上がりな食材というわけだ。

マーマイトにあたるものは、日本文化では何か。労働者がご飯にかけてばくばくと食べられるもの。大量生産できるもの。どこへでも運べるもの。

調べてみると、あたしの生まれた頃にぞくぞくとできておる。丸美屋の「のりたま」が一九六〇年、永谷園の「お茶づけ海苔」が一九五二年、桃屋の「江戸むらさき」が一九五〇年。おお、どれもよく食べた。その上、江戸むらさきは、色も形も、ちょっと味も、濃くて黒くてしょっぱくて、マーマイトにそっくり。つまりマーマイトは、高度成長期の江戸むらさきと同じようなものであったのか！　という仮説を立てたところで、Amazon.com でマーマイトが手に入った。小さなびんが遠くイギリスから空輸されてきたのである。それ以来、毎日食べているのだが、まだ問題がある。パンが違う。

あたしの食べてるパンは、わざわざ遠くの日系スーパーに行って買ってくる日本風の食パンなのである。表はさくさく、中はもちもち。トーストしたやつを裂くと、中からふわあっと湯気が立つ。それが日本の食パンだ。ところが、これがマーマイトに合わない。

マーマイトがウマいのは、あくまでもイギリス風の、乾いて軽い、カスカスのトーストだからだ。炊き立てご飯という亡霊がわれわれをにらみつけているようなもちもちのトーストでは、塩気と発酵臭がヌケていかない。

さてどうしたらよいものかと考えるうちに、なんだか炊き立てご飯の亡霊につかまったようで、今はマーマイトより「江戸むらさき」が食べたくってしょうがない。「ごはんですよ!」でもかまわない(というか味の違いを知らない)。ふわあっと湯気の立つ白いご飯に、ちょっと塗りつけて、もりもりっと食べられたら……。

〈日本の食パンの現在〉

厚切りの食パンをトーストして二つに裂いたときに立ちのぼる湯気は、ほんとはそんなもの目視できないのにもかかわらずCMで強調され、ご飯文化で育った人々の心をがっちりつかんできたんだと思うが、このたび日本に帰ってきたら食パンが変化しており、(値段が)高く、甘く柔らかくふわふわになっており、さてこの手のパンは生で食べるべきか焼いて食べるべきか。それが問題なのだが、少なくともこの手のパンはマーマイトにはぜんぜん合わない。

カレーマイル参り

夫とあたしがマンチェスターに行ったのは、サッカー見物とかの意図はまったくなく、たまたま立ち寄った友人の家がマンチェスターの近くにあったからで、そこからロンドンに戻るより、マンチェスター空港から一気にアメリカに帰った方が便利だったからだ。それでマンチェスターに一泊して、次の日に空港に行ってという予定を立てた。

ところがマンチェスターと聞くと、人々が「カレーマイルに行け」と口々に言う。聞けば、なんと、インド料理屋が集合する通りのことだと言う。

夫は、くり返すがサッカーには何の興味もなく、しかしインド料理には目がなかった。ロンドン育ちの夫にとって、たとえ自分はインド系でなくとも、インド料理は、学生の頃から食べつづけてきた「魂の食べ物《ソウルフード》」なのであった。

ヴィンダルーというインド料理がある。マリネした肉をマスタードオイルで炒めて煮込んだ料理だ。火のように辛いのが何よりの特徴であるという。マスタードオイルで辛味が際立つ。

夫はこのヴィンダルーが好きで、どこでもそれを注文する。ところが、満足したためしがない。

カリフォルニアのインド料理屋でヴィンダルーを注文すると、辛さを聞かれる。

「マイルド？　中くらい？　ホット？」と。

そこから夫の憤慨がはじまる。

「そんなばかな話があるか、ヴィンダルーは辛いものだ、マイルドなヴィンダルーなんかあってたまるか」と夫は憤慨する。なだめて注文をつづけ、食べて食べ終わって店を出るが、夫の憤慨はおさまらない。また数か月して、別の店で同じことをくり返す。

ヴィンダルー、踏み絵のようなものだ。そしてどこの店も踏み絵が踏めず、非ヴィンダルー性が露見して、磔獄門《はりつけごくもん》なのであった。

その上、夫がどこかで聞いてきたことには、「アメリカでは、なんと、マスタードオイルが食用に許可されていないそうだ」と。「つまりアメリカのヴィンダルーとは、ヴィンダルーに欠かせないマスタードオイルを使わず、辛くもなく、必要に応じてチリソースを加えるだけの偽物だ、なんたることだ、インドの食文化を何と心得る」と夫はさらに憤慨するのである。

うるさくて、インド料理が食べられない。

ともあれ、このたび決行したカレーマイル参り。目的は、夫にとっては何十年ぶりかの、あたしにとっては初めて出会うはずの、ほんとのヴィンダルー探しだった。

マンチェスターの町で、実は道に迷った。うろうろとあっちに曲がりこっちに曲がりしているうちに、なんだか道行く人にインド人の割合が多くなってきたなと思ったら、いきなり、カレーマイルに出た。周辺のただのイギリスの町らしさから打って変わって、原色のネオンがきらめき、旗がはためき、見渡すかぎりはるばると、インド料理屋がうち並んでいたのである。

われわれは一軒のレストランに飛び込んで、息せき切ってヴィンダルーを注文した。そしてそれは、まさしく、「どの辛さにしますか」とは聞かれない正しいヴィンダルーであり、マスタードオイル完全使用の真のヴィンダルーであった。

夫もたいへん満足して、ウエイター相手に「カリフォルニアじゃ辛さを聞かれるのだ」と言うと、ウエイターはさも可笑《おか》しそうに笑った。アメリカ文化の野蛮さを嘲笑《あざわら》うように、イギリス人が（彼はインド系の、夫はユダヤ系の）二人で、顔を見合わせて笑った。

夫は昔からヴィンダルーにはうるさかったが、この頃老いてますますうるさくなった。偏屈になり因業《いんごう》になり頑迷になり固陋《ころう》になったと思っていたが、それだけではなかったのだと思い知ったヴィンダルーだった。

〈ポテトチップスの現在2〉

アメリカでは「ケトル式」のポテトチップスが名高い。深釜（ケトル）で揚げたのがウマいってことらしい。Kettle という名のついたブランドもあり、そこのもウマい。そして二つ折り率もかなり高い。（66ページにつづく）

ユリイカのチーズ

あのとき口の中に走った衝撃を、なんと表現していいかわからない。

なんでも食べるけど（けっこう嘘です……）、チーズだけは食べませんと人前で宣言して何十年、カリフォルニアで、チーズを食べずに生きてきた。唯一食べられるのがモッツァレラだった。あれはチーズというより豆腐、とみんなに嘲笑われた。異文化に立ち向かうものとして、恥ずかしかった。

先日、血迷ったとしか思えない。ミモレットというチーズを手に取った。コレが小泉が森に食べさせたアレ、と一昔前の政治ネタを思い出しつつ、ひとかけら、クラッカーとともに口に入れてみた。すると、なんと、吐き出したいと思わなかった（いつも思っていた）。むしろウマかった。どこかで知ってる味だと思った。子どもの頃の夏の夕暮の庭先の風景が目に浮かんだ。

初めての経験だった。もっと知りたくなって、他のチーズも食べてみた。ブリー、チェダー、ゴーダ、マンチェゴ、名前もわかんないの、次々に。ウマかった。あたしのチーズ嫌いを知っている夫も驚いた。自分でもほんとうに驚いた。

次は、より難易度の高いと思われるブルーチーズであった。より刺激的で、よりねっとりしていた。色も青かった。でも、思い出したことがある。

昔、ポーランドに住んだことがある。社会主義政権の頃だ。前夫がポーランドに留学していたから追いかけていった。外国に住むのは初めてだった。暮らしはいろんなものが足りなかった。町も人も文化も、なつかしい古めかしさにみちていた。毎日、牛乳を近所の牛乳屋に買いに行った。牛乳屋にあったのは、新しい牛乳や一日経った古い牛乳、ヨーグルト、ケフィル、白チーズと呼ばれるカッテージチーズ、注文すると大きなスプーンですくって紙に包んでくれるバター。店のカウンターにも、床のタイルの溝にも、牛乳の発酵したニオイが染みついていた。牛乳は高温殺菌していなかったから、とってもウマかった。そして一日置いたらたちまち発酵した。そんなことがつるつると、脳裏の、ごく表面に浮かび上がってきた。

このくさい青カビチーズのニオイも、つまるところ、あの牛乳屋のニオイのようなものだ。よくよく考えれば、いつも飲んでる白い牛乳が古くなって変化しただけだ。色《あ》る。色《あ》ることを受《うけとめ》る。それについて想《おも》う。わかろうと行《す》る。識《わか》る。これが「わたし」という存在をつくるプロセスだということ。……般若心経の原理はこれだ。

そう気がついたのもつかのま、次に進む。

どうせならもっとチーズ文化に近づこうと、ふだんは飲まない赤ワインをグラスに注いで、古乳の余韻が残る口に流し込んだ。そして、そのとき、確かに何かが起こったのだ。

口の中で、爆発が。わるい爆発ではなく、いい爆発。

赤ワインの一撃に、古乳の力強さもクラッカーの滋養も、ぱんと鳴って弾け飛んだ。弾け飛んで、口腔に乱れ散った。そこに現れたのは、古乳のまろやかさの中に隠れていたチーズの正体。発酵の力であった。

発酵。ここ数年、あたしは発酵に目覚め、発酵の前にひれ伏しておる。おもしろいもの、おいしいものは、みんな発酵している。しょうゆにビール、ワインにキムチ、かつぶしもヨーグルトも塩麹《しおこうじ》も、コンブチャ（製品化された紅茶きのこである。アメリカで流行《はや》っている）も、そして納豆も。生卵かけご飯が死ぬほど好きで、和菓子にも目が無いが、生卵もあんこも、ひそかに発酵してるはずと心に思っている。でもチーズだけはだめだった。それが突然、ウマしウマしと心身に染みこんできた。

人生、長く生きると、不思議なこともあるもんだ。

ああ、このまま服を脱ぎ捨てて外に飛び出し、「ゆりいか、ゆりいか」と叫びながら走っていきたい。「どうしましたか」と聞かれたら、「チーズをおいしくいただきました」と答えたい。

〈チーズその後〉

このように豪語していたが、その後、ゆりいかの興奮はしぼんで、今のあたしは、くさいスティルトンとか日にちの経ったブリーとかヤギ味のチーズとか、食べずに済むなら食べたくない。食べてもいいなと思えるのはゴーダやミモレットで、なぜ食べられるのかなあ、何かにあるいは誰かに似てるなあと考えた末、思い当たったのが鰹節だった。自分の限界がマジで情けない。

ドーナツの穴

アメリカの甘いものは甘すぎると日本の人はみんな言う。で、たしかに日本の甘いものは、洋菓子も和菓子も、駄菓子すらも、甘すぎない。その上、上品で軽くて繊細で、ほんとにウマいのだが、唯一欠けてるものは、地面にがっつりと根ざしてぐんぐんと伸びていく雑草、いな、雑草めいた獣のような生命力。アメリカの甘いものに、あたしはそれを感じるのだ。

根っこや生命力ならしたたかにあるが、上品さや繊細さがカケラもないのが、ドーナツ。日本の街角に和菓子屋があるように、アメリカには、街角ごとにドーナツ屋がある。

この食べ物をつきつめようとすると、やはりどうしても、ヨーロッパの伝統に、それもカトリックの宗教行事にさかのぼりたくなる。つまり、イエス・キリストが復活する復活祭。その前の準備期間が四旬節《しじゅんせつ》。四旬節の間は断食《だんじき》が基本なので、その前の木曜日が、断食の前に脂っこいものをたらふく食べておこうという日で、「脂の木曜日」と呼ばれる。

　ポーランドもまたカトリックの国だ。「脂の木曜日《トゥウスティ・チファルテック》」には、人々が、ポンチキというものを食べるのにすっかり浮き足立っていた。ポンチキは複数形で、単数形ではポンチクという。意味は「つぼみ」、ドーナツくらいの大きさで、イーストでふくらんだふかふかの生地で、中にぽちっとジャムが入っていて、名店のはそれがバラのジャムだそうで、ラードで、ドーナツみたいに揚げてあり、ラードで揚げられると、そこに軽さと香ばしさとほの甘さがつけ加わり、さくっと来て、ふわりと来る、その食感はまさにドーナツ、の、穴のあいてないやつ。

　そしてそれなら、よく似たものが、アメリカのどのドーナツ屋にもある。ジェリードーナツという名前である。日本の某ドーナツ屋なら、カスタードクリームとかエンゼルクリームとかいう名がついている。

　ここでちょいと脱線して。

　実は、あたしは卵の呪い（「生卵をゴクリゴクリと」参照）で、カスタードクリームに異常な執着がある。菓子パンはクリームパンしか食べない。鯛焼きや今川焼きもつい邪道なクリーム入りを買ってしまう。生クリーム入りのシュークリームなんて許せんとすら思う。だからアメリカのドーナツ屋でも、ついあのポンチキが懐かしいのとカスタードが恋しいのとで、黄色いクリームのジェリードーナツを選び、そのたびにがっかりして地団駄を踏む。クリームは卵味というより糊味で、へたするとレモンクリームというすっぱ甘いものにすり替わっていたりするからだ。

この頃は、頑なに、蕎麦屋でかけそばしか食べない通の心意気で、いちばん基本の、イースト生地の穴あきのグレイズドしか選ばない。

穴だ。これがあるだけでドーナツはウマい。ジェリー入りの穴なしドーナツなんて、ドーナツ的には邪道なんである。ドーナツのウマさの六十パーセントは、砂糖やイーストや脂から来るのではなく、この穴によるものじゃないかとさえ思っている。

だれが、いつ、なぜ、やったのかは知らないが、最初にドーナツに穴を開けた人を、わたしは誉め称えたい。穴を開けた。それだけでこんなに世界が変わった。ドーナツも、ベーグルも、イカのリングフライも、五円玉も。穴が開いてるだけで、ついのぞきたくなるし、指や何かをつっこみたくなる。穴にはそういう魅力がある。

さて、イースト生地の穴あきのグレイズドのドーナツの揚げたて。お日さまの光をいっぱいに含んだ雲のようにふわふわで、べたべたのシロップが甘ったるく、くどく、しつこく、カロリーという現実的なパンチを、どすんどすんとあたしに入れてくるのである。

〈ポテトチップスの現在3〉

くっついて揚がったやつを食べるのは二枚いっぺんに食べるのとは訳が違う。一枚が「ぱり」だから、二枚いっぺんに食べると「ぱりぱり」だ。しかしくっついてひしゃげたとたんに「ばりぼり」か「がしゃがしゃ」か「ごわりざしざし」か、多様にそして複雑になる。人生そのもののようだ。（156ページにつづく）

清浄な世界をめざして

世界がキナ臭くなっておる。こないだ、あたしの住むカリフォルニア州でもテロによる乱射があった。うちから車をすっ飛ばして一時間半、逃走中の犯人が来ようと思えば来られる距離である。くわばらくわばら。と言って避けられるようなものならいのだが。

キナ臭いで思い出したが、うちの夫はユダヤ系イギリス人。本人は何にも信じない無宗教者だから何でも食べるが、もともとユダヤ教の食生活には厳しいコーシャの掟がある。ヘブライ語でカシェルというのを英語風にコーシャという。意味は「正しく処理された浄《きよ》いもの」。コーシャなものしか食べてはいけないという掟である。

で、何がコーシャで何がコーシャじゃないかの判別のしかたが実に複雑で、かつ、古代の砂漠の生活の諸事情が想像できるので、たいへんおもしろい。例をあげれば「四本足の獣の中で、ひづめが分かれていて反芻《はんすう》するものはコーシャ」とか、「海や川や湖の生き物の中で、ヒレとうろこのあるものはコーシャ」とか。

つまり牛はコーシャだが、反芻しない豚はコーシャじゃない。ひづめの分かれてない馬もコーシャじゃない。とんかつも馬刺しもだめだ。鮭や鯖《さば》はコーシャだが、海老や鰻や赤貝や蜆《しじみ》もコーシャじゃない。

中でも感心したのが「子やぎの肉をその母の乳で煮てはいけない」という掟。こんな掟ができた裏には、砂漠の苛酷な気候や、死にやすかった人々の生活や、無数の子やぎや子牛がいたはずだが、でも、なんだかそこに人の情けを、長谷川伸《はせがわしん》の「瞼《まぶた》の母」に涙するような、「ドナドナ」の子牛に涙するような、人の情けを感じずにはいられないのだ。

うむ、人間、人情が大切である、と思いながら、ふと我が身を振り返れば、うああ、食べてるじゃん、日常的に。

親子丼も、鮭いくら丼も、不浄、不人情、きわまりないではないか。子持ちかれいの煮つけも、ぷりぷりしたししゃもも、もしかしたら、南瓜《かぼちゃ》と小豆《あずき》のいとこ煮なんかも不浄で不人情ではないか。これに気づいてからというもの、あたしは親子丼を作るときに、せめて心の中で、「ごめんね」と親子に向かって謝ってから、卵をかけまわして親の肉をとじる。

ところがあるとき、夫が言った。「子の肉を母の乳で煮るのがいけないので、母の肉を子の卵でとじるのはぜんぜんかまわないし、母の肉と子の卵をいっしょに並べたっていいんじゃないか、どうせ、日本人がつくるんだし、ショーユで食べるわけだし」と。

ほかのユダヤ系の友人たちに聞いてみても、親子丼も鮭いくら丼もぜんぜん清浄、非コーシャじゃまったくないと、口をそろえて言っている。今までの後ろめたさはなんだったのかと憤懣《ふんまん》やるかたない思いである。

そんなら、もう一つの得意料理について懺悔《ざんげ》しよう。これは、夫も認めるほんとの非コーシャ。ボローニャ風ミートソースである。玉葱《たまねぎ》やにんにく、人参《にんじん》などをみじん切りにして炒め、牛ひき肉を加えて炒めた後、ひたひたくらいに牛乳をそそいで、くつくつ煮込む。煮込むうちに、不思議なことだ、白い牛乳が透きとおって消えてなくなる。

正しくも浄くもない。そう覚悟はしている。でも、透きとおって消えてなくなるとき、ずっと抱えてきたいろんな人生の罪が、すうっと浄化されるような気がするのだ。

その後トマトを入れてさらにくつくつ。乳に煮られた肉がふんわりとなめらかになり、悲しいことに、滋味と深みがずっしりと加わるのである。

〈アイラ島行き 2〉

ロンドンから国内線の飛行機でグラスゴーに、そこで小さい飛行機に乗り換えてアイラ島、レンタカーして島じゅうの蒸留所をまわろうと、企画したのはあたしだった。夫は楽しそうについてきた。そして島に着いてみたら、そのとき、死ぬ二年前の夫は、もうスコッチが飲めなくなっていた。着いてすぐ、やっと来たとうとう来たと浮き立った心でパブに入り、夫は産地直送のカリラを頼んだ。それからラガヴーリンの蒸留所で試飲した。それっきりだった。あとは、食事のときにもトールグラスのジントニックかなんかを注文していた。夫は歩けなくなっていたから（空港では車椅子を頼んでいた頃だ）、蒸留所の見学もラガヴーリン一か所だけであきらめた。（77ページにつづく）

ベジさんたち

カリフォルニアというところは、ベジタリアンであふれている。三十人に一人はいるような気がする（当社比）。ハンバーガーをもりもり食べてた少年少女が高校生になって、ある日ふっとベジタリアン宣言する。そういう文化だ。

人を食卓に招《よ》ぶときは、食べ物に制限はあるか、いちおう聞いておく。たいていのベジタリアンは宗教でやってるわけじゃないから、魚ならOKだったり、肉がダメなだけで魚も鶏もOKだったりする。山川草木悉皆成仏《さんせんそうもくしっかいじょうぶつ》、それって植物に対する差別じゃないの？　などと心の中では思ってるが、顔には出さず、あたしは粛々と料理を作る。

宗教によるベジタリアンということになると、他人の文化・伝統・信条は尊重し、真摯《しんし》に対応すべしと襟《えり》を正す。

しかしながら、作る方にとっては俄然《がぜん》面倒くささが増すわけで、こうやってさかんに異文化と交流しあい、人んちに来てごはん食べようっていう社会には向いてないよなーなどと心の中で呟きつつも、あたしは粛々と野菜でダシを取るのである。

先日、中国人の友人が来た。中国人は基本的には何でも食べるし、その友人も「何でも食べる」と豪語してるし、前に何回も来て、何でも食べていった。だから今回も気楽に献立を考えた。腕によりをかけてフェトチーネを手打ちして、ピンクのエビのクリームソースをかけようと思った。これはほんとにウマいのである。

ところが当日、彼女が夫を連れて来た。なんと夫はインド人であった。料理万端整って、さて供せんとしたときに、あたしはハタと気がついた。インド人はベジタリアンの多い民族だ。インド料理には羊も鶏もあるけど、基本はベジだ。もしやベジでは？　とおそるおそる聞くと、友人の夫は昂然《こうぜん》と答えた。「そうだ。わたしはバラモンだ」。

バラモンとはカーストの最上位、がちんこの宗教者。そこらのベジを何百人束にしてもかなわない生粋《きっすい》のベジタリアン。それが廻《まわ》り廻《まわ》って、ここカリフォルニアのうちの食卓にいるのである。その後のあたしのあわてぶりと、実際に食卓に出したものは、まあ想像してください。

その男がこないだ、また来た。あたしは今回、完璧なベジ食でバラモンにリベンジしたのである。

豆腐の揚げ焼きしたのにトマト・アボカド・きゅうり・香菜を載せてポン酢をかけたの（わざわざ日本に電話をかけて、枝元なほみの指導を受けた。絶品であった）。どなすの煮たの。白菜のローストしたの。米をココナツミルクとトマトで炊いたの。どうぢゃね？

実は、うちの長女の夫もベジタリアンだ。しかも宗教とはまったく関係なく、動物に対する共感と感傷からベジになり、肉魚卵一切ダメという、あたしのいちばん苦手なタイプである。

夫婦で日本に旅行したとき、長女が「魚の成分が入っているかもしれないけど、気にしていたら餓死するから」と言い含めたそうだ。見ざる聞かざる言わざるということで、「うどんおいしいです、そばおいしいです、山菜いなりおいしいです」と爆食して帰ったそうだ。それで我が家に来ても、台所には一切入れず、言わなきゃわからないんだからという長女の指導のもとに、そばやうどんでもてなしている。

リスやウサギのつみれ汁

カリフォルニア住まいといえども、日本の漫画を切らしたことがない。今の愛読書は、『ゴールデンカムイ』である。アイヌ料理の漫画、と人に説明したくなるが、たぶん違う、歴史活劇の少年漫画だ。

時は明治。二百三高地の激戦を生き延びた元兵士とアイヌの少女が旅をしている。その本筋もおもしろいが、二人が旅をしながら動物を狩り、解体して肉を食う。アイヌの味を味わいつくさんばかりにいろんな動物を獲《と》って食うところが、実にウマそうで、食べてるうちに生きる死ぬるの真理にヒョイと届きそうで、たまらない。

ぜひとも食べてみたいのが、リスやウサギの「チタタプ」。小動物の皮をはいで全身を、刃物で、血も骨も叩きつぶす。ほんとは生で食べるそうだが、作中では鍋物みたいな汁(アイヌ語でオハウという)にしてハフハフ言いながら食べている。明治時代の雪の北海道、辺りにはコンビニなんかないのである。読むだけでホカホカと身に沁《し》みてくる。

我慢できなくなって、あたしは近所のスーパーで鶏ひき肉を買ってきた。骨は入ってない上に若鶏だから、いやが上にも柔らかい。それで缶詰のシログワイ（ウォーター・チェスナットと呼ばれて、アジア食品売場に置いてある）と生のトウモロコシを混ぜ込んで、骨片みたいなコリコリシャキシャキ感を出し、卵を入れてねっとり感とコクを出し、行者《ぎょうじゃ》ニンニクのかわりにネギを刻み入れ、煮立った鍋に片端からすくい入れてくつくつと煮た。

そして、これはまあ、本で読み覚えたアイヌ料理みたいなものだと言いつつ夫に供したところ、ウマしウマしと夫は喜び、「アイヌ料理は初めて食べる」と感動し、それからチタタプのオハウ、というか鶏のつみれ汁は、我が家の定番料理になったというわけだ。

ところでこの間、まだこの漫画を読む前だったが、わたしは『石垣りん詩集』を編んだ（岩波文庫から出ている）。石垣りんは戦後の現代詩の偉大な詩人で、初期の頃の作品に「私の前にある鍋とお釜と燃える火と」というスゴイ詩がある。

「それはながい間

私たち女のまえに
　いつも置かれてあったもの」
と始まってこんなふうに続く。
「ある時はそれが赤いにんじんだったり
　くろい昆布だったり
　たたきつぶされた魚だったり」
　たたきつぶされた魚って何だろう。わからなくて、昔の料理のことをよく知ってい
る石牟礼道子さんに聞いてみた。すると今年八十九歳、石垣りんより七歳若い石牟礼
さんから「魚のつみれじゃないでしょうか」という答えが返ってきたのである。
つみれ。その場でつまみ入れていくからつみ入れと言うのだ、と母が言ってたのを
思い出した。
　石垣さんより少し若くて石牟礼さんより少し年上のあたしの母も、つみれ汁をよく
作った。鰯《いわし》や鯵《あじ》で作った。あたしは青魚が大嫌いだったし、今も大嫌いである。毎度
ほんとに食が進まなくて、叱られながら食べたっけと思い出した。今、鶏のつみれの
チタタプのオハウもどきを作るたびに、あのとき母が作ったのがリスやウサギのつみ

れ汁なら、あたしの子ども時代はどんなに楽しく食が進んだことだろうと考えている。

〈アイラ島行き3〉

夫の「男」性がしゅううと消えたのは、彼がスコッチを飲まなくなったとき、と実はあたしは考えている。スコッチを飲まなくなってからの二、三年間、プレゼントはどうしていたろうと思い出すが、覚えていない。彼も一人で出かけなくなっていたから、あたしのために、何か用意することはできなくなっていたのだった。

ブラウンチーズはママの味

ノルウェイに縁があって、これまで三度訪れている。この国はすごい。魚も肉も果物もパンもビールも、何を食べてもウマいのである。「ここはほんとに食べ物のおいしい国だねえ」とノルウェイ在住の友人（日本人）に言うと、「ありがとう、そんなこと言われたことない」と真顔で返されて、やるせない思いをする。

三度目の今年の夏は、遅きに失したが、ブルノストというものにハマって帰ってきた。ノルウェイ語の発音がむずかしいので、英名のブラウンチーズで、以下通す。

前の二度の訪問時にも食べてはいたのだが、なんじゃコレはと思うだけで深追いはしなかった。まあ、そういう味だ。他に類を見ない特殊な味なのだ。しかし今回、ふとホテルの朝食で、大きな茶色い塊からスライサーで一片そぎ取って食べてみた。心の中で、アラ？　と思い、アラアラアラ？　と思い、それから毎朝の朝食で、ブラウンチーズに会うのが楽しみでたまらなくなった。

なにしろ時差ボケで、夜中の二時頃起きてしまう。すきっ腹を抱えて数時間、ホテルの朝食が始まるのをまちかねて行くから、よけいウマい。新鮮な朝の胃に、新鮮な牛乳や新鮮なバターやしゃきしゃきした果物といっしょに流し込んでいくから、よけいにウマい。

そぎ取った一片はなめらかで、茶色く、乳臭く、ほの甘く、キャラメルのような風味があり、北欧の雑穀入りの黒いパンによくなじむ。北欧の硬派なクネッケにも薄い優しいパンケーキにもよく合うのである。

チーズといっても発酵食品ではない。乳清《にゅうせい》を煮つめて作るそうだ。煮つめて練り上げていく過程で、乳糖がキャラメル化して、キャラメル色になる、そしてほんのりと甘くなる。発酵してないがチーズと呼ばれるという点で、モッツァレラやリコッタやフェタと同様だが、それより強くて複雑だ。

原料は山羊《やぎ》乳だったり牛乳だったりする。あたしはだんぜん牛乳派だ。山羊乳で作ったやつには臭みがある。フェタなんかでむうっと感じる、あの動物性腺にたまった滓《かす》を口に入れてるような臭みである。まあしかし、これは、山羊乳のチーズはみんな苦手、実はヒツジ肉を食べるのも苦手というあたしの特殊事情でしかない。

ブラウンチーズはノルウェイ人にとっては心のよりどころ、これさえあれば朝食もかんたんな昼食も、小腹のすいたときにも遅い夜食にも、とりあえず間に合うそうだ。たしかにこの乳臭さ、そして滋味は、食べ物というより記憶に近い。ある意味、イギリス人にとってのマーマイトに近い。

日本人にとっての納豆、いやかつおぶしに近い。マーマイトも納豆もかつおぶしも（しょうゆかけて）しょっぱいが、これはほの甘い。あたしは考えて、ある結論にたどり着いた。誤解をまねきそうなことだが、あえて言おう。

何にいちばん近いかと言えば、母乳なんである。しかも母親の乳房に食らいついて、その体臭も、体温も、そのまま押し寄せてくるときの（いや、あたしは最近体験したわけではなく、六十数年前に経験したきりだ）あの乳の味。この乳臭さは乳の臭さだけじゃなく、乳を出す人間の体臭、カラダ臭さ。こういうものを国民食にしているノルウェイ人、マジですごいと感心した。

人肉きのこ

きのこというのは、人肉食の記憶をひきずっている。

ポーランドに住んだのは八〇年代初めの頃だった。あの頃、ワルシャワの街角のあちこちに「ホットドッグ」の小店があった。ちょうど日本の鯛焼き屋や今川焼き屋のような装置に鉄の棒が突き立ち、熱せられていて、注文すると、お店の人がそこにパンをさしこんで、しばし待つ。

パンは細長いドッグ用だが、アメリカや日本のふにゃふにゃのパンとは似ても似つかぬ、重たくて噛みごたえのあるパンであった。熱棒に貫かれたパンのその熱い穴の中に、炒めた玉葱ときのこをぎゅっと詰めて手渡されたやつにかぶりつくと、脂ぎった炒め汁がジューシイで、玉葱は甘くて、きのこはうまみがたっぷりで、実にウマかった。

これはきのこドッグで、ホットドッグと称するのは看板に偽りありと思ったが、当時、ポーランドの社会は、社会主義の末期であった。肉も砂糖もバターも配給制だったが、配給券があっても、品物がなかった。闇市場は高かった。そののち体制が変わって肉が出回るようになった。そして数年の後、すっかり社会主義らしさが消えてしまったワルシャワに行ってみたら、きのこの代用ホットドッグは街角からすっかり姿を消していたのである。

懐かしく思いながら、あたしは考える。あのきのこは、まさに肉の代用だった。東京のフランス料理店で「黒トリュフのかき卵」という料理を食べたことはすでに書いた。ウマかった、というより凄かった。卵の力はもちろん凄いが、きのこの肉的なパワーも物凄かった。

その料理を食べてる間、その強烈な、体臭みたいな香りに何か思い出しそうになり、いや、男のことではない、何か思い出すような思い出せないような、そんな記憶にひきずられて数日間モンモンとしたのである。そして思い出した。森の下生《したば》えのさらに下の地面の香りであり、味なのだった。土は複雑で、もろもろとして（食感）、豊かで、黒くて、湿っている。落葉や何やら、いろんなものが溜まって埋まって腐っている。黴《かび》やら苔《こけ》やらが覆いかぶさって生えている。そのあたりのことだ。

落葉やら何やらといっしょに、ヒトの死体が一体埋まっている。どうも知ってる男である。髪の毛も目玉も性器も精液も、何もかもがそこで朽ちている。

そんなイメージだ。きのこのうまみとは、あるいは香りとは、肉の代替物というよりも、何世代か昔に食べたヒトの死体の味を思い出させるからこそ、無闇に惹《ひ》かれるんじゃないかと思った。

先日、秋の終わりに石川県の白峰《しらみね》に行った。そこで熊肉やら山から採りたてのなめこやらを食べた。毒きのこの見分け方について、「かんたんだ」と、「土地の者は木の上に生えるきのこしか取らないから」と土地の古老は言った。木の子とはよく言った。白峰のなめこは、木から吸い出されたような味がした。しかし木のエキスがみっしりつまった味ながら、味か、食感か、香りか、なにか、腥《なまぐさ》い死体みたいなものをぷんと感じて、「木だってほんとは獰猛だ、人間が知らねえだけだ」という囁きを聞いたような気がする。

なつかし

熊本、デコポン

カリフォルニアに在住するあたしであるが、熊本に大いなる縁がある。前の夫と建てた家がある。友人もいる。子どももここで育てた。親もここで死んだ。その熊本が、二〇一六年四月、地震で崩れた。家々も、道々も、山々も、お城も、橋も。気がかりでたまらない。だから今は、熊本の食べ物のことを話したい。

まずデコポンだ。冬に熊本に帰るとデコポンを必ず食べる。デコポンが出始めたのはたしか九〇年代の初めだった。いよかんやぽんかんならともかく、デコにポンだ。とうていまともな商品とは思われず、長い間未経験だった。ところがあるとき意を決して食べてみたら、えもいわれぬウマさだった。

みかんに似ているがずっしりと重く、みずみずしい果肉がつまっている。皮がしょぼしょぼしてきた頃が食べ頃だ。しょぼしょぼしてしわしわの皮は厚いが容易にむける。厚い皮をむいてると、年経た人間の皮をむいてるような気がする。中の房々はしなしなとして、生まれて間もない人間の肌みたいに触りごこちがいい。薄皮も白い筋も種もきれいに取れて食感をじゃましない。ただ、ただ、爽やかで甘い。

デコポンにそっくりな不知火《しらぬい》というのもある。甘くて日園連という団体の基準をみたしているのが「デコポン」、それ以外は「不知火」だと言われても、なんのこっちゃわからんから、不知火を買う。少し安いからだ。でもやっぱりウマい。

あたしは元々柑橘類が大好きで、子どもの頃、冬には必ずみかんの食い過ぎで手のひらが黄色くなったものだ。甘夏、八朔《はっさく》、晩白柚《ばんぺいゆ》、夏の終わりは緑色の早生《わせ》みかん。

で、カリフォルニアにやって来たら、ここはオレンジの国、オレンジだらけである。最初はみんなオレンジに見えたが、目が慣れてきて、いろんな種類があることを知った。

オレンジといっても数種類あり、ネーブルもあり、それからマンダリン、タンジェリン、クレメンタイン。それも、何々クレメンタインとか、何々タンジェリンとか、さらに細かく分類される。ところが、タンジェリンだろうがマンダリンだろうがクレメンタインだろうが、どれもむきにくく、種が多く、とても甘いが食べにくく、痛しカユしだなあと思っていたのである。

ところが数年して、というのは二〇〇〇年代に入ってからだ、「サツマ・タンジェリン」なるものが市場に出回るようになった。これがなんと、むきやすく種もない、ごくふつうの日本のみかん。日系移民がポケットに忍ばせて持ち込んできたものらしいとだれかに聞いたが、ほんとかどうか。国際間の果物の移動ほど恐ろしいことはないのである。

あたしにはこんな経験がある。トロントの空港でアメリカ行きの便に乗ろうとして、セキュリティーを通り、カナダの出国審査を済ました。そしたらそこにアメリカの入国審査とアメリカの検疫所があった。

あれには驚いた。つまりカナダの空港の中にアメリカの役所が出店を持っていたのである。そして旅行客は目的地のアメリカの空港についたら、もうすべての入国手続きは済んでいるから、ただすたすたと空港から歩き去っていける。そのとき、それを知らず、ふつうにアメリカについたら入国審査と検疫があるとばかり思っていたあたしは、待合室で食べるつもりでポケットに一個のリンゴを入れておいたのである。

さて、検疫でそのリンゴがみつかった。申告書にはリンゴ一個なんて書かなかったので、カナダのリンゴをアメリカに持ち込んだこと、申告書にうそをついたこと、さんざん叱られ、罰金三百ドルと脅かされ、リンゴを目の前でゴミ箱に捨てられて、やっと解放された。怖かった。

昔はひょいとみかんを持ちこめたラッキーな移民もいたんだろう、のどかな時代だったのだ。

この頃は、なんとデコポンが買える。英名は「スモウ」。デコポンでも充分変な名前なのに、さらにわけのわからないことになって、「上を向いて歩こう」の英名の「スキヤキ」みたいに、異文化に無神経だなあと思うけど、もはやそれを見ると、デコポンや不知火じゃなく、懸賞を受け取っている相撲取りしか思い浮かばない。

昔、熊本で、ふとタクシーの運転手さんとみかんの話になり、なにしろいたるところにみかん畑があるからなのだが、「海に面した風ば吹くところに、みかんの木ば植えっとですよ、そぎゃんすっと、風に吹かれて甘くなっとですよ」と教えられたのを覚えている。カリフォルニアの海の見える丘に植えられ、空はまっ青で、海もまっ青で、風に吹かれて甘くなるのを待っている、さつまタンジェリンや、スモウの木々が目に浮かんだ。

熊本、いきなり団子

「いきなり団子」というものが熊本にはある。生のカライモとあんこを団子皮でつつんで、いきなり蒸すから「いきなり団子」という、見た目は素朴なお菓子である。土地の古老はこれを「ん」抜きで、「いきなりだご」と呼ぶ。

カライモとは、東京でサツマイモと呼ぶ芋のこと。東京からせっかく熊本という薩摩に近いとこまで来たのに、そしたら今度は唐ですか……。近づけば遠ざかるという、人生の極みのような呼び方である。

いきなり団子の食感は、もちもちで、ねちねちで、ほくほく。仕込まれた粒あんが、カライモとの対比でなんとも力強く感じられ、カライモの、土から立ちのぼってくるような淡い甘みをひきたてる。

熊本に初めて移り住んだ三十数年前、あたしはハマって食べまくった。まだ若くて、赤ん坊を生みたてで、いきなり団子くらい何個でも食べられた。今は無理だ。粉ものの団子皮が腹にたまって重すぎて、一個がやっと。ああ、情けない。

生のカライモとあんこと団子皮でいきなりだから、とっても素朴で、自分でも作れるかなと思うのだが、やってみるとなかなかどうして、いい皮を作るには長年の勘が必要で、それをあたしは持ち合わせてないのである。

実は自作するまでもなく、熊本市内はいきなり団子屋だらけで、地域に愛される老舗もあちこちにあり、店頭からは湯気があがっているから、蒸したてがいくらでも買える。この頃は熊本空港でも売ってある。

おっと、この「売ってある」という言い方、微妙に日本語を間違えたように聞こえるが、間違えてない。これは熊本弁だ。

標準的な日本語で「いきなり団子を売っている」と言うとき、熊本弁では「いきなり団子が売ってある」と言う。最初はへんだなと思ったが、郷に入れば郷に従えで、やがて耳に慣れた。おずおずと使ってみると、なんと使い勝手がいい。そのうちに、もはやこうでないと正しいと感じられなくなった。

「を」＋「いる」では、客観的すぎて熱が入らない。今の今、蒸し上がったところの湯気の熱。かぶりついたときのほくほく・もちもち・あまーいという熱。カライモやあずきに対する土着的な熱。「が」＋「ある」なら、その熱が充分に表現される。さあ、行け、行って買え、買ったらその場で包んだビニールをはがせ、はがして熱いうちに口に入れろ、遅れるな、そら、と手に汗をかいて追い立てる熱なんである。いきなり団子という名前でもわかるように、この食べ物の要《かなめ》は、芋でもあんこでもなく、粉を練って作った、つまり団子の皮だ。

さて、もうひとつ、「団子汁」というものがある。これも有名な熊本食、古老じゃなくても「だごじる」と呼ぶ。

団子のたね、つまり小麦粉を練って、ちぎるか切るかして、具だくさんの汁の中で煮こんである。腹にずっしりとたまる。味つけは味噌か醬油、ところが熊本の味噌も醬油も、全国的に見ると、ええっとのけぞるほど甘いのだ。それで、だご汁全体がほの甘く感じられる。それが他人の空似か、なんだか「いきなり団子」のほの甘さにとても近い。

地震はあるし、火山は爆発するし、火の国なんて言われるが、実は熊本の根本は、こういう粉食文化の重たさと、淡いほの甘さなのかもしれない……。そんなことをふと考えた。

〈粉もののふしぎ〉

ちょっと前のことだ。熊本の阿蘇高校の家庭科教室に枝元を連れて行き、高校生といっしょに、地元の漢《おばさん》たちに料理を教えてもらうという企画をやった。それで驚いたのが、作ったメニューが、だご汁やいきなり団子やお焼きや山菜の天ぷら……。小麦粉だらけだったことだ。お腹がふくれた。めっちゃふくれた。数年後に天草の海辺の町でも同じことをやったが、地元の漢《おばさん》たちが枝元に教えてくれたのは、やっぱりだんごやかき揚げや。もっとおいしいものがあるのに粉に愛着するのはなぜか。あるいは、小麦をひいて粉にして、練ったり焼いたり蒸《ふ》かしたりという作業には、家族総出の、ハレやかな、楽しい思い出がこびりついているのではあるまいか。石牟礼道子さんの本を読みながら、そんなことを考えた。

おにぎる、おむすぶ

日本に帰ると、まずコンビニに飛び込んで、やおら買うのは、月曜日発売のSとか木曜日発売のMとかの漫画雑誌、クリームパン、お茶のボトル、そしておにぎりないしはおむすびだ。

あれを何と呼ぶか。子どもの頃はたしか「おむすび」で、いつのまにか、「おにぎり」に洗脳されてしまったような気がしてならない。

母はおむすびを作るのがへただった。ときどき、それを「にぎりめし」とも呼んでいた父はうまくて、三角のカドがぴしっと並んだ。ほめると、「おれぁ、おにぎり大学出てるから」と言ってたのである。

しいて言えば、おむすびは江戸っ子の母の語彙《ごい》で、おにぎりは名古屋出身の父の語彙だったのかもと考えたが、天むすは名古屋めしだ。コンビニ各社を検索してみたら、Lはおにぎり、Fはおむすび、Sはモノによって使い分けている。googleで検索する

うじゃないか。と、おにぎりのヒット数の方がおむすびより一ケタ多い。ならば、弱い方に味方しよ

太古の昔に思えるが一九八〇年代、フィルムを外すとぱりぱりの海苔が現れるおにぎりに出会って以来、海苔のしっとりと巻きつくおむすびを忘れ果てていた。しかし今は違う。思い出したのだ。コンビニでも、あたしが選ぶのは、海苔のしっとりしたおむすびだ。海苔がしっとりするだけで、なぜこんなに、おむすびが、優しく懐かしくなれるのかがわからない。

日本に帰りついても、股旅者《またたびもの》は旅を続ける。成田なら羽田に移動し、羽田なら国際線から国内線に移動して、空港を、わずらわしい手続きを、喧騒《けんそう》を、わが身の不運を、呪いながらチェックインして、手荷物検査場を通る。でもこの頃、その後に、大きな楽しみが待っている。おちおちコンビニでおむすびなんか買っていられないと思うほどの楽しみが！

それは、羽田の国内線の第二ターミナルビルである。

中央の手荷物検査場を出たあたりに、名もないおむすびやがある。

ガラスのショウケースに、おむすびがくろぐろと並んでいる。一個二〇〇円とか二

三〇円とか。コンビニに比べたらいかにも高価《たか》い。しかし一度買ってみれば、値頃感にうちのめされるはず。

ウマいのだ。ウマすぎるのだ。

たらこや鮭や明太子やわさび昆布がじっくりと詰まっている。ふんわりとむすんであるが、くずれない。ほんのりと温かい炊き立てむすび立てのときもある。人の手を感じる。人の体温を感じる。人の心を感じる。お釜の湯気を感じる。お米の性格も感じる。……いい性格なんである。他人を気遣い、ほがらかで、意見はあるが頑固でなく、譲るときはちゃんと譲る。

旅は道連れ世は情け、旅の空でこんな温かい目に遭った、このご恩はいつか必ずと思いつつ、買って帰って親に食べさせてやりたかったなあとも思うのである。親は二人とも死に絶えたが、生きてたときは、よく空港からお弁当やかつサンドを買って帰った。病院で寝たきりの母と、家で独居する父だった。お弁当もかつサンドも喜んで食べてくれたが、このおむすびなら、もっともっと喜んだろうにと思うのである。

おつきさまくらいのパンケーキ

パンケーキは昔、ホットケーキと言った。というのが世間的な理解らしい。それは違う。別物なのだ。

くり返すが、あたしはカリフォルニア在住のおばさんで、昔々、子どもが家の中に何人もいた頃、うちの週末の朝食はパンケーキだった。ボウルいっぱいにたねを作り、パンケーキを何枚も何枚も焼いた。メープルシロップもいろんなのを売ってたから、ぜんぶ買って試してみた。色の濃いのや薄いの、みんな味が違った。

パンケーキに飽きれば、クレープを作った。クレープが余れば、クレープシュゼットに仕立てた。畳んで砂糖を振ってバターで焼いて、じゅわっとオレンジをしぼりかけるのだ。熱くてウマかった。それからダッチベイビーを作った。これはオーブンで焼いてふくらませ、粉砂糖をふるって、レモン汁できゅっと締めて食べる。それからワッフルを作った。そのとき使ったワッフル焼き器は台所の隅にしまいこまれて、すっかりほこりをかぶっている。

今はもう子どももいなくなり、パンケーキ類を作ることもない。でもあれだけ作ったからこそ、あたしははっきり言いたい。パンケーキとホットケーキは、別物だ。

アメリカのパンケーキは初めからパンケーキという。薄っぺたくてへたっている。メープルシロップが染みこむや、びしょびしょになってほろほろに崩れる。日本のアレはホットケーキという。箱にでかでかと日本語の書いてある日本製のホットケーキミクスを買ってきて、指示にしたがって、フライパンに流し込み、腕組みして見つめていると、アラ不思議、とろとろだったたねに、ぷつぷつと穴があいて、むくむくと屹立《きつりつ》する。

子どもの頃、五十年以上の前の話だ、父がホットケーキを食べに連れて行ってくれた。たしか上野で、たしか広小路《ひろこうじ》で、父の若い頃から、ホットケーキといえばココというような古い店だった。どんなに考えても店の名を思い出せないし、ネットで検索してもわからない。でも、屹立したホットケーキが目の前に置かれたときの感動は、まざまざと覚えている。

思い出話ついでに、アメリカの朝食用レストランで、初めてパンケーキを食べたときの話をしよう。あのときは、上野のホットケーキどころじゃなく仰天《ぎょうてん》した。おつきさまくらいのやつが数枚重ねになっていて、たべてもたべてもなくならない量なのである（ホットケーキ文学の傑作『ぐりとぐら』から声をお借りしました）。脇には卵やベーコンやハッシュドポテトが添えてある。日本の朝食の卵かけご飯や納豆定食などに比べると、うそでしょう、と笑いたくなるような量なのである。

人間のよく太った赤ん坊の丸はだかのおなかのようなそのパンケーキの腹にバターを塗りたくれば、あっという間にしみしみになって照り返る。そこにどろどろとシロップをかけていくと、丸はだかのおなかは貪欲《どんよく》にそれを吸い取って、みるみるうちに崩れてぐずぐずになる。そのぐずぐずの粥状《かゆじょう》のものを、濃い甘いシロップとともにすくい取って食べていく。甘すぎてメマイがしてくるので、しょっぱい卵やベーコンを食べ食べ、際限なく甘さと戦う。それが本場のパンケーキだ。

最近日本でパンケーキがはやっていると聞いた。逆カリフォルニアロールのような存在だから、好奇心はある。食べてみたいが、あたしの心の奥底には、日本の屹立するホットケーキに対する忠誠心がある。それに日本に行ったときくらいまともなものを食べたいとも思う。それで、アメリカ風パンケーキ、すごくおいしそうに見えるんだけれども、食べる機会がまだない。

白菜の記憶

白菜について書きたいが、どういうわけか、あんこや卵やうなぎについて書くときより、コブシに力が入らない。晴れやかなところのない、ケの食材だからかしら。

煮てよし焼いてよし生でよし味噌汁によし。カロリーもコレステロールも糖質も低いから、食べちゃだめだという制限力が効かない。いくらでも食べられるから、ああもっと食べたいという欲望が燃え上がらない。全身から力がくたりと抜けて煮くたれてしまったような食べ方である。

しかし侮《あなど》るなかれ、白菜こそ、カリフォルニア在住のおばさんであるあたしにとって、日々を日本的に生き抜くための同志である。

白菜は、遠くの日系スーパーまでわざわざ出向かずとも、そこらのふつうの食料品屋で、ナパ・キャベジと呼ばれて積まれており、値段もキャベツよりちょっと高いくらい、それを投入しただけで、食卓の上のものが日本の味になるというありがたい食材なんである。

ナパ・キャベジという英名もなんだか可愛い。訳せば、菜っぱキャベツである。「スキヤキ」というあの有名な歌のように日本語が誤解され、勢い余ってワインのナパまで日本語由来に思えてくる。そうか、ナパでできるのはブドウ酒じゃなくて白菜酒……と思うわきゃないのだが。

あたしがそれを日々どうやって食べてるかというと、ざくざくと切って鍋に入れて日系スーパーで買ってくる油揚げと酒と白だしで煮るだけだ。家の中で、あたししか食べない。キャベツに対しては熱心な愛情を示す夫が白菜には無関心なのである。たまに帰ってくる日本育ちの娘が冷蔵庫を開けて「あっ、白菜だ」とよろこんで食べている。

しかしその白菜というもの。なんと昔から日本にあるわけじゃない。こないだネットで遊んでいたとき、ふとそんな記述に出会った。

日本に菜っぱみたいのは昔からあったが、今みたいな白菜、肉厚で、甘くて、ほうれん草や小松菜みたいにくくられて一把《いちわ》二把と数えられるのではなく、ごろんと結球して、一個、一玉、一株などと数えられる白菜が食べられるようになったのは二十世紀に入ってからだと。

数年前のお正月、あたしは日系人のための高齢者施設でボランティアをやっていた。世話するボランティアも世話される高齢者も、日系の若くない女たちなのである。お正月で、あたしたちはお雑煮《ぞうに》を作っていた。里芋や人参や大根、たいていの地域のお雑煮に入ってるような野菜をぜんぶ入れた後、白菜も入れようと、ざくざくと切っていた。

白菜を包丁で切り分けると葉のカスがぱらぱら落ちる。キャベツやレタスじゃ、これは落ちない。生々世々《しょうじょうせぜ》、女たちが白菜に包丁を入れつつ、この葉のカスをぱらぱら落としてきたんだな……。ふと、そんなことを考えていたら、一人の女が「汁に白菜を入れると甘くなるのよね」と何げなく言った。そして白菜を投入したら、予言どおりに汁は甘くなった。あたしは感動した。生々世々、女たちはこうやって知恵を伝えてきたんだな、と。

白菜にきゅんと来たのは、まさにそのとき。生々世々、るるとつながってきた女の生……とでもいうかね。

薄れていこうとする日本の味や記憶を必死で思い出したくて、白菜を食べるようになったのも、それ以来。
それが、たかだか、ここ百年程度の生々世々であったとは。

某和風仏風洋菓子店

あたしの住んでいるのは南カリフォルニアのサンディエゴ。名物は苦いビールとメキシコ料理とカリフォルニアロールである。そのサンディエゴに一軒のケーキ屋さんがある。Sage French Cake（セイジのフランス風ケーキ）と看板が出ているが、実は日本風のケーキ屋だ。それもかなり高級めの。

渋皮色の栗クリームと粗いダックワーズが複雑にからみあうモンブラン。

酸っぱいのにとても甘いショコラオランジュ。

うなるほど苦いカラメルがしみ出すスイートポテトのプディング。

心がざわめいて止まらなくなるカスタードクリームのナポレオン。

チーズケーキは障子のように軽く、チョコレートケーキはずっしりと重たいのに、どこかに襖《ふすま》のような軽さが残っている。アメリカのチョコレートケーキの重いだけの甘ったるさとは大違いだ。

そのすべてに通じるのが、繊細さと複雑さ。伝統にのっとる力と壊す力。アメリカのケーキやフランス製のフランス風ケーキにはありえない、和菓子のような軽さと口当たりのよさ。それが日本風に変化したフランス風ケーキの真髄だと思う。

オーナーのセージさんは、苦み走ったイイ男である。ほめちぎるあたしに「うちくらいのケーキなら東京にいくらでもありますよ」とさらりと言った。それはそうかもしれない、東京で評判になってるようなケーキ屋さんよりすごいなんてことは言わない。でもときどき思うのだ。サンディエゴという、舌的にやや不毛な土地に流れ着いてきたあたしたちの前に、このまっとう極まりないケーキ屋があってくれてよかった、と。

なにしろ作り方が頑固一徹。市販の栗ペーストや業務用の卵白や卵黄を使うケーキ屋だって多いだろうに、今どき栗は皮むきから、卵は殻割りからやっている。すべて一からやって手を抜かない。なんでそんなことまで知ってるかと言うと、ここでうちの娘が働いていたからだ。

娘が大学生活に挫折して帰ってきていたとき、Sage に求人の張り紙が出てるのを見て、応募したら即決で採用された。それからしばらく娘は、セージさんのもとで、ケーキの箱を折りまくり、オレンジの皮をむきまくり、栗の皮をむきまくり、卵の殻を割りまくり、頑固一徹なケーキ作りの手伝いをしつづけ、やがて立ち直って大学に戻っていった。繊細で、なかなか社会や人に混じれなかった子だ。あの時期、頑固一徹にケーキ作りを学んだことは、大学の数年分の価値があったんじゃないかと思うのだ。

一応プロなんだから、ケーキ作ってよと娘に頼んでも、知ってるレシピはみんな業務用だから多すぎると言って作ってくれない。でも一度だけ、マカロンを作ってくれたことがある。

いい匂いがしてオーブンを開けたら、Sageで見たようなマカロンが天板の上にずらりと並んでいた。それを取り出して娘はまた次のをオーブンに入れた。取り出してまた入れた。そのうち台所中がマカロンで埋まった。あたしは嬉々《きき》としてマカロンを食べた。ウマいウマい、作りたてはほんとにウマいと喜んで食べたのは最初のうちだけだ。食べても食べてもなくならないマカロンを数日間食べつづけた。溺れるかと思った、業務用の量のできたてマカロンに。

チビ太のおでん

串のおでんといっしょに育った。竹馬《ちくば》の友だった。あたしの生まれ育った所は、東京都板橋区、その裏町の裏通り、時は昭和の三十年代。あの頃、町におでん屋の屋台が回ってきた。おじさんの顔をまだはっきり覚えている。小銭をにぎりしめてそこに群がった。

好きなのは「はんぺん・すじ・ちくわぶ」だった。串にさせば、そして漫画に描けば、はんぺんは三角、すじは丸（平たい円柱形）、ちくわぶは長四角（長い円柱形）。つまりチビ太と同じである。チビ太のは「こんにゃく・がんも・なると」で、三角、丸、四角だとどこかに書いてあった。

すじというのは牛すじじゃない。軟骨が入ってこりこりした魚の練り物だった。関東特有の食べ物だというのを知ったのは、おとなになって東京を離れて、食べられなくなってからだ。

みそおでんというのもあった。おじさんが、こんにゃくのゆでたのを別の小鍋の甘いみそだれにちゃっと浸して手渡してくれた。

またあるときは、母からもう少し多くのお金を持たされ、鍋を持たされて走っていって、おでんをみつくろって鍋に入れてもらった。夕食用だった。今、コンビニでおでんをそれだけ買ったら二千円くらいはしそうな量だ。昔のおでん屋は今のコンビニより安かったんだと思う。

てな話を、昔、前夫に、あのポーランドに留学していた男であるが、彼に話したことがある。彼はわたしと同い年、兵庫県伊丹《いたみ》市で育った男だった。たいへん驚いて「チビ太はリアルだったのか」と言われた。

で、つい先日、平松洋子に同じ話をしたら、またたいへん驚いて「おでんの引き車なんて初めて聞いた」と言われた。洋子さんは数歳年下で、倉敷《くらしき》だ。てことは、子どもが利用できたおでん屋の屋台は、東京限定か、どうなのか。

紀文《きぶん》のホームページで見てみたら、おでん屋の屋台の写真が載っていた。昭和三十年、江東というから、板橋と同じように東京の端っこの裏町っぽい所である。当時のあたしたちみたいな野性的な顔をした子どもらが群がっていた。土門拳《どもんけん》の写真だった。

子どもの頃、何度も真剣に考えたことがある。おでんとアイスとどっちが、取り返しのつかない落ち方をするかということだった。

今のガリガリ君みたいな棒アイスが主流だった。それは棒からぽろりと落ちることがあるが、たいていはくっついていて落ちない。しかしおでんはするりと串から抜け落ちる。答えは、おでんだ。などとバカなことを真剣に考えたということは、何度も落ちて悲しい思いをしたということだ。

お、そしたら、つるつると思い出してきたのが、ボッタ焼き。

駄菓子屋にはあたしも行ったが、その奥にあったボッタ焼きのコーナーは男の子たちばかりの場所で、女の子が近寄れる雰囲気じゃなかった。でも、だから、ものすごく食べたかった。そしたら、ボッタなら任せとけという下町育ちの母が作ってくれた。紅しょうがとかつぶしが少し入ってるだけのねちゃねちゃしたもので、ちっともウマくなかった。子ども心に、あれは食べ物がウマいから集まってるんじゃない、集まるために集まっているんだろうと考えた。集まって何してるんだろうとも考えたが、あたしは一人っ子で、男の子の生態を知らなかった。成長して、ばばあと言える年になった今でも、男の子の生態はナゾである。昭和の中期の話でした。

ぱねぇヨーグルト

昭和中期、ヨーグルトは背の低いびん入りだった。家にも宅配されたし、幼稚園でも出た。ぷるんつるんとして、甘かった。明治のハネーヨーグルトという名前だったと思う。ハネーはハニーのことで、パネェ（はんぱねぇ）のなまったものではない。

そのうち、七〇年代終わりから八〇年代初めにかけて、各メーカーから、どろどろした本格派の無糖ヨーグルトが砂糖袋つきで売られはじめた。そしてそれが主流になった。

今、カリフォルニアでは、ヨーグルトといえばギリシャ風である。水分が少なく固くて重く、こってりしている。ちょっと前までヨーロッパ風、すなわち日本でブルガリア風と呼ぶところのどろどろしたものが多かったのに、すっかり固めのギリシャ風に取って代わられた。今はさらに固いスウェーデン風や、アイスランド風の超こってりもあり、そういうのは、ヨーグルトといえども、箸をさせば揺らぎもせずに立つのである。そしてこってりを食べつけると、それまでのヨーロッパ風（ブルガリア風）はあっさりして物足りないという、どこかのラーメン屋のような様相を呈しているのであった。

日本に帰ってくると、あのこってりヨーグルトが滅多に見あたらず、あっさりブルガリア風がへんなふうに進化して、もっちりしているのに少なからず驚く。

その中でも驚いたのは、球磨《くま》酪農農業協同組合の作っている熊本ローカルの「球磨の恵み」というヨーグルト。

もっちり、かつねっとりで、一瞬発酵しそびれたかと疑うが、そのうちにそのもっちりに対して、われわれの文化にるいるいと伝わる根源的な快感、もっちりするものに対して感じずにはいられないあの快感を思い出すのだ。その快感におぼれるうちに、ヨーグルトを食べてるのか炊き立てのおこわ、つまりもち米を食べてるのかわからなくなり、冷たいので、ああヨーグルトであったと思い出すほどだ。

思い出すと言えば、あたしの母が老年にさしかかった頃、つまり今のあたしくらいのとき、ヨーグルトの手作りにハマっていたのを思い出す。母といっても母乳ではなく、市販の牛乳に市販のヨーグルトを混ぜて作っていた。食べるや足してまた作った。

つまり際限なく、それはつづいた。どろどろというよりとろとろ、しかし水っぽくて粘っこいので、とろとろというよりずるずるしていた。何かに似てると思ったら、よだれか鼻水であった。

母のヨーグルト作りの熱はその姉妹に伝播《でんぱ》して、伯母の家に行っても、叔母の家に行っても、もう一人の叔母の家に行っても、手作りのヨーグルトが必ずあり、伯母や叔母たちの家を訪れた遠来の姪《めい》は、まるで踏み絵のようにそれを食べさせられたのであった。

月日は経ち、諸行は無常である。今は姉妹も、二人死んで、一人はほとんど動けなくなり、八十三の四女だけがまだ元気に作りつづけている。こないだ会ったときもまた食べさせられたが、やっぱりずるずるのよだれ状であった。

「おばちゃん、これヨーグルトじゃなくて何かもっと別のものになってない?」と言いかけたが、やめておいた。老い果てた叔母の関心は、ヨーグルトを作ることより発酵にあるんだと思った。発酵させることで、老いに立ち向かい、発酵を見守ることで生を、その裏返しの死を受け入れているような気がしてしかたがない。この姉妹は、そういえば、それぞれ更年期前後だった七〇年代、梅酒のびんを洗って、紅茶きのこを作っていたのである。

〈良い発酵悪い発酵〉

この夏はケフィアにハマった。枝元にわけてもらった一包の種を一リットルの牛乳パックに入れて放置したら、あっという間にどろどろに固まった。そのどろどろを食べながら、一部分使って次を作った。また作り、また作り、飲みたいから作るというより、絶やすなというループにとらまって、夏じゅう作りつづけた。そして秋が来た。気温が下がり、発酵に何日もかかるようになり、冷たいから食べると冷えて、そんなに旺盛に食べられなくなり、やがてどうしたわけか、悪発酵したのだった。悪発酵はすぐわかる。見た目も、ニオイも、正しくない、食べてはいけないと主張する、その主張の強さといったらないのである。どぼどぼどぼとそれを捨てて、冬じゅうあたしはケフィアを作ってない。

昆布茶じゃないコンブチャ

七〇年代に紅茶きのこというものがあった。日本を席巻《せっけん》した。カルトだった。どこの家の女も梅酒のびんを抱えて紅茶きのこを育てていた。あたしの叔母も伯母も近所のおばさんたちもそして母も。あたしは一度飲まされてすくみあがり、それ以来傍観していた。ところが今や、カリフォルニアで紅茶きのこは一大ブームである。意識の高い食料品店には必ずびん入りのソレが売られ、独自のコーナーさえ作られ、樽《たる》だしの生が飲めるところすらある。コンブチャ・バーと呼ばれて……。

ちょっと待て。それは違うとみなさんは思うでしょう。その通り、コンブチャとは、あの昆布味の、粉末の、塩っぱくてなつかしい飲み物のことだ。アメリカの人々はそもそも昆布という言葉を知らない。だから何も疑わず、悩まず、間違ってコンブチャと命名された、この不思議な飲み物をもてはやす。

どんな誤解と無知がわざわいしてコンブチャなどと呼ばれ始めたのかは知らないが、

六〇年代に「スキヤキ」と名づけられてアメリカ全土に広まった「上を向いて歩こう」に近い運命を感じる。いや、「ペンパイナポーアポーペン」じゃなく。

ある日、ふと好奇心で、買って飲んでみたのだ、コンブチャを。

するとなんと、昆布茶ではまったくなく、すっきりして微炭酸でほの甘くてほの酸っぱくて実にウマい。その上、発酵食品に独特の、こっちの体内の細胞の隙間に入り込んでくるような、入り込まれたわれわれはつい活性化してしまうような、そんな感じに襲われる。

最初のうちは買ってきて飲んでいたが、高いので手作りするようになった。市販品のコンブチャをいくつものびんにつぎ分け、砂糖入りの紅茶を注ぎ入れて密閉した。するとどんどん発酵を始める。だいたい二週間放置しておくと飲めるようになり、数週間放置しておくと、ただ酸っぱいだけになる。緑茶でやるときれいな薄緑になるが、パンチがない。もともと発酵してある紅茶を使ってこそこの複雑骨折みたいな複雑発酵が可能になるのかもしれぬ。作ってるうちに品質は変化して、市販品とはずいぶん違う味になるが、それでも飲める。思えば、七〇年代の母たちの紅茶きのことは、まさにこんな飲み物であったかと思う。

びんの中には形成された株、つまりきのこ体みたいなもの（きのこみたいだがきのこではない）がぬらぬらと漂っている。それをうっかり口に入れたときは、なんというか鼻汁の固まったのを飲み込んだ感じで、思わずぺっとしたくなる。しばらく夢中で作っていたが、やがて飽きた。数か月間ほったらかしていたら、大びんの中の株がどんどん育った。ぶ厚くなま白く、ぬるぬらりとものすごい形相になった。

不穏だった。あたしは持て余した。しかし処分のしかたがわからなかった。これだって「いのち」である。ゴミ箱に捨ててはいけないと思った。それである日意を決し、手を洗って身を清め、心静かに株を取り出して庭に埋めた。お産の後の胞衣《えな》を埋めるのはこんな感じか、いや生き物を生きながら埋めるのはこんな感じか。作るときの何十倍も薄気味が悪かった。それ以来、コンブチャは、飲みも作りもしておらない。

魚肉ソーセージの戦い

日本に帰るたびに大量に買い込んで、溺れ食うものがいくつかある。その一つが魚肉ソーセージ。

実は日本というところは、普通のソーセージもウマいところだ。シャウエッセンとか香燻《こうくん》とか。アメリカのソーセージは、もっとずっと本場と思うのに、生の腸に生肉がぎっしり詰まったナニみたいにぶっといのか、もやしみたいにふにゃにゃけたホットドッグ用が、ほとんどである。前者はしつこく脂っこくくどく、後者は人工的で後味が悪い。それに比べて、日本のものは、噛むや、ぱきっと口腔内を揺るがし、脂がしゅっとこぼれる喜びがある。日本に帰ればそれも必ず食べているのだが、今語りたいのは、魚肉の方。

調べてみて驚いた。一九六二年、あたしが七歳の時に魚肉ソーセージのJAS規格が定まった。一九七四年、十九歳の時には魚肉ソーセージの食品添加物に発がん性が発見されて問題になった。今はもうそんな怖ろしい添加物は使ってない。つまりあたしは子ども期に発がん性タップリの魚肉ソーセージをどれだけ食べたかわからない。まあ食べちゃったものはどうしようもない。

昔、食べ物は全般的にもっと赤かった。ウインナも赤かった。ベーコンも赤かった（豚肉じゃなくて鯨肉でできたのが主流だった、少なくとも東京板橋の裏町では）。プレスハムも赤かったし、たらこも明太子も赤かった。そういう時代だった。赤くて何もふしぎはなかったのだ。魚肉ソーセージも、皮のフィルムは赤くて身はピンク。今もたいてい皮は赤で身はピンク。外袋はつねに毒々しい赤である。この赤系で、メーカーは肉らしさを表現したいんだと思うけど、同時にこの色には、なんだかこう、戦場にはためくノボリのような、かまぼこや伊勢海老の赤のような、人の心をかきたてざわめかせる効果があると思う。

昔は、フィルム皮の先端が金具で留めてあった。そこを歯で嚙みつつくるくると回して、歯が欠けるかという思いをしてコジリ取った。そうやって必死の思いでむき始めても、身がなかなか皮から離れないから歯でこそぎ取った。おそろしく野蛮な食べ物だったのである。

同じく子どもの頃の常食だったアイスキャンデー。パキンと折ってチューチューするアレの先端も、歯で噛んでくるくるこじり取る仕組みだったが、あっちはビニールで、こっちは金属だから、手強《てごわ》さでは問題にならなかった。

ところが今は、外袋さえ取れば、後は本体のどこからでもつるつると皮がむける。身は皮からつるつると離れる。若い読者はこの異様に食べやすくなったのしか知らないだろう。あたしの中では、食べやすくなって喜ぶ気持ちとあの戦いをなつかしむ気持ちが相反しておる。

外袋の赤に非日常的な戦闘意識をかきたてられながら、それを破り捨てて、いざと力んだときに、ああ、もう戦わなくてもいいのだと……引退した老剣士のような心持ちで皮をつるむく。昔ながらのやつは、どこの製品も、やや味が荒っぽく、そして粘っこい。あたしはほんとは、あの中性脂肪を減らすという、カロリーも低いというマルハのリサーラが、上品な味でウマいと思ってるのに、もとの濁りがなんだか恋しくて、ついそっちを買ってしまう。

即席無頼

先日来、カリフォルニアのよく行く日系スーパーで「正麺《せいめん》」という袋麺が売られるようになって、あたしは狂喜していたのである。

その少し前、日本で「ラ王」だか「正麺」だかを食べ、あまりのウマさに驚嘆した。でもその頃カリフォルニアでは売ってなかった。売ってるのは「中華三昧《ざんまい》」。それだってとてもウマいから、あたしにとっては長い間「中華三昧」が、インスタントラーメンの最高峰であったといってもいい。ところが今は、チョモランマに登ったらすぐそこにダウラギリやアンナプルナがあったような感じで、「正麺」を食べる。

しかしある日、食べながらふと考えた。そもそもインスタントラーメンがこんなに本物っぽく、真っ当な食べ物でいいのだろうか。

六〇年代後半、思春期の頃、あたしは即席の袋麺が大好きだった。サッポロ一番とか明星《みょうじょう》チャルメラとか日清《にっしん》焼そばとか出前一丁とか。

七一年にはカップヌードルが発売された。翌年のあさま山荘事件でテレビに映って一気に売れるようになったそうだ。でもあたしはその頃、大学受験のストレスで胃がボロボロになってて、折角のカップヌードルだが、ろくに食べてない。

思春期の頃、あたしは何がおもしろくって、インスタントの袋麺をあんなに食べたのか。

無頼《ぶらい》さ。そう思うのだ。まともな食べ物ではない、なくていいという無頼さ。太宰治や中原中也みたいに。

生まれてすみません。

おまえは何をしてきたのだと吹き来る風が私に云《い》い。

ゆあーんゆよん、トカトントン。

即席という言葉の中にそんな無頼さと風っ通しのよさが響いていたのに、「正麺」や「ラ王」や「中華三昧」みたいに本物っぽさを真面目につきつめてしまったら、そのへんがだいなしになっちゃうじゃないか。

あの頃とくによく食べたのが「日清焼そば」。水を少なめにそれを作り、ごわごわの麺の上に卵を割り入れ、ぐちゃぐちゃにかき混ぜ、火の上でさらにかき混ぜ、すべての水気をカラカラに飛ばして出来上がり。親にも友人にも食べさせられない、あたしだけの味だった。

十三や十四や十五、ぱんぱんに張りつめたふくらはぎ、もたつく乳房、慣れない月経をもてあましていた頃だ。自信なんかこれっぽっちもなく、自分が誰だかもわからなかった。ただただお腹が減って減って、それでそんなものをむさぼり食った。

久しぶりに食べたくなって、例の日系スーパーに行ったら「日清焼そば」は置いてなく、「サッポロ一番ソースやきそば」しかなかったが、実はその違いがよくわからないから気にならない。それで「サッポロ一番ソースやきそば」を買って帰って、思春期の卵入りぐちゃぐちゃカラカラ焼きそばを作ってみた。

ところが。それは食べ物としては、ただ不気味なだけだった。食べても食べてもなくならない。油じみた炭水化物がすごく重たい。

あたしは、いまだに無頼に生きたいと思ってるし、生きてるつもりである。でも肉体は確実に古びていて、若かった肉体が生々しく無頼を欲していたときにむさぼり食ってたものには、もう魅力を感じなくなっていたのである。

鰻と山椒

うなぎ好きなのに、カリフォルニアという、鰻屋の無いところに住んでいる。手に入るのは日系スーパーで手に入るパック入りばかりだ。それで、パック鰻の食べ方を研究し抜いた。そして得た方法が、コレである。うなぎ漫画の『う』からヒントを得たが、そのあと、東京のさまざまな鰻屋でいろいろ食べた経験を元に、あたし風に改良してある。

パックから出して、流しのお湯で洗い、ついてるタレもぬめりも取る。そしてそれから、ここがあたしのコツ。これをやると、宮川か野田岩かとホラを吹きたくなるような、ふわっとした食感が手に入る。平たい容器にうなぎを寝かせ、熱湯をわかしたぎらせて、その上にかけ回すのだ。少し置く。何度か器を揺する。するとタレもぬめりも脂も抜けて、魚臭さもすっかり抜ける。さっぱりしすぎていやな人は、洗うだけでいいと思う。

それからオーブントースターで、皮を上にしてじっくりと焼く。

少し焦げて、じゅくじゅく言い出したらOKだ。これは近所のスシ屋で、スシ・シェフがそうやってうなぎを焼いて、なんとかロールに入れるのを見てやり始めた。それから、フライパンにしょうゆと、しょうゆより一たらし多めのみりんで、しばしくつくつ。実は、市販のめんつゆでもいい感じ。めんつゆにちゃっと酒をそそぎ（量は適当）、一たらししょうゆを加えると、きっと引き締まる。くつくつすると、うなぎがとろっとしてふわっとする。少しだけぱりっとする。ご飯は固めだ。

山椒だけは、いいものを日本から持ち帰ってきた。こっちでは中国の花椒《ホワジャオ》というのが安く手に入る。植物的には近縁種で、味もよく似ているが、日本の山椒の鋭さと青臭さと上品さにはかなわない。ハウスやS&Bの瓶入りの山椒なら日本食屋で普通に買えるけど、実際常備してあるけど、友人に京都のなんとかという粉山椒をもらったら、その違いに痺れた。

ほんとはうなぎにたっぷり山のように盛って口の中をひりひりさせるくらいにして食べるのが好きだが、人に呆《あき》れられるので、この頃一計を案じ、うなぎにかけずに、ご飯に山盛りにかけて、うなぎにちょっとずつつけながら食べる。そして最後はうなぎもなくなり、タレの染みた山椒ご飯だけになり、心ゆくまで山椒を味わうその楽しさよ。

ああ、山椒が好きだ。もしかしたらうなぎ本体と同じくらい好きだ。

実山椒や粉山椒を、いろんな料理に使いまわす。鶏の煮込みに入れ、湿気《しけ》った海苔のつくだ煮に入れる。マヨネーズに入れてゆで野菜と和える。麻婆豆腐にどっさり振り入れる。中でも合うのが、バーベーキューのリブだ。豚の脇腹を何時間もかけて焼いたアメリカ名物で、アメリカ人は甘ったるいスモーキーなタレで食べるが、あたしは山椒としょうゆで食べる。しつこくなく、重たくなく、豚が獣肉でなくなるようだ。

先日山椒とチョコレート入りのケーキ（それはそれでたいへん不思議なものだったが）を食べたが、ちょっとうなぎの味がした。もしや、豆腐でも鶏肉でもようかんでも、山椒とチョコでくつくつ煮れば、そこに起きる化学反応と等価交換で錬金術のように、うなぎっぽくなるのではないか。

荒唐無稽《こうとうむけい》というなかれ、じっさいメキシコに、モレという甘くないチョコレートとトウガラシを使ったソースがあり、鶏を煮て食べる。味噌か日本のカレーみたいで、とてもウマいのである。

山椒といえば、いい話がある。

何十年も昔、まだ熊本に、前夫や娘たちと住んでいた頃だ。

アゲハの幼虫を育てた。

一齢めの茶色いのを二匹、友人にもらったので、えさとして近くの園芸店で山椒の木の鉢植えを買ってきた。幼虫はよく食べ、よく太り、よく脱皮し、とうとう葉を食べ尽くしたが、そのとき、なんと幼虫が四匹に増えていた。つまり鉢植えに元々たかっていたのだった。しかたがないからまた鉢植えを買ってきて、食糧問題を解決したが、またあっという間に食い尽くし、食い尽くしたときに幼虫はさらに増えていた。そうやって、新しい鉢植えを買ってくるたびに幼虫はどんどん増えていき、最終的に何匹の幼虫を育てたか。園芸店の山椒の鉢植えは品切れになり（うちが買い尽くした）、入荷するまで、ナイショで近所の山椒の木にたからせてもらったこともある。やがてでっぷりと太った緑色の幼虫は、次々にケージから抜け出してさなぎになった。ゴミ箱に張りついたのもいたし、カーテンレールに張りついたのもいた（しばらくカーテンが閉じられなくなった）。そしてある日、一匹めの蝶がさなぎから出てくるのを、家族一同、固唾《かたず》を呑んで見つめていると、真新しいアゲハがひらひらと舞い上がり、その瞬間、いっしょに見つめていた猫が伸び上がり、はたき落として食ってしまった。……ちっともいい話じゃなかった。スミマセン。

ニガしマズしウマくなし

食べるな危険

食エッセイの場で病気の話なんて辛気臭《しんき》くていやなのだが、あたしの母方の女たちは、誰も彼もが糖尿病を発症している。それで、明日は我が身と思わぬでもない。あたしはよく運動しているし、料理もマメで、健康的なものを適度に食べている。でも、糖尿病はDNAで出てくるというし。

てなことを主治医と話していた。あたしはカリフォルニア在住のおばさんである。そして主治医は健康オタクっぽい中年白人男性である。

ここで普通に生きていると、どうしてもふくよかになる。避けられない風土病といってもいい。しかし主治医には、余分な脂肪はまったくない。使い込まれた台所用布巾のようだ。そうとう食べるものに気を遣っているのだろうと思われた。その彼が、今のところは何の結果も出てないから安心してと言いながら、糖尿病が心配なら、炭水化物を切りつめなさいと言った。

世の中のおいしいものを総称して、炭水化物とか糖質とかいうのは、みなさんご存じのことと思います。

カリフォルニアでは何年か前にアトキンスダイエットというのが大流行して、周囲の人がぐんぐんやせた。うちの夫も少しやせた。炭水化物を極力制限し、蛋白質《たんぱくしつ》と脂肪はいくら食べてもOKというのがセオリーだった。で、やっぱり不自然だったんだろう、いつのまにか下火になった。

あたしは、クリームパンも更科そばもあんこの和菓子も大好きだ。でも、食べるな危険と言われれば、唾を飲みこんで我慢しよう。しかしご飯は、我慢するしないの問題ではないのだ。

落語で、勘当された放蕩《ほうとう》息子が、お天道《てんとう》さまとコメの飯はどこへだってついてきますッと言って家を飛び出したら、お天道様はついてきたが、コメの飯はついてこなかったという話がある。あれが他人《ひと》ごととは思えない。カリフォルニアの太陽はギラギラとどこへでもついてくるが、炊き立ての日本風のねっとりしたコメの飯はなかなかついてこない。

アメリカ名物のハンバーガーを食べるたびに（戸外のバーベキューグリルで作ると、

とくにウマい）、パンにはさまずに、ご飯をよそって、大根おろしとしょうゆで肉を食べたら、もっとウマいのにと思う。

　イギリス名物のフィッシュ&チップスを食べるたびに、揚げ芋じゃなくて、ご飯とみそ汁がついてくるべきだと思うが、ついてきたためしがない。

　ドイツ名物はいろんなハムだ。あれだって炊き立てのご飯を、海苔や漬けた高菜や野沢菜で巻くみたいに、くるっと巻いて食べたらどんなにウマかろう。それから子牛肉のとんかつみたいなシュニッツェル、あれこそ千切りキャベツとご飯で食べたら、さらにウマい。

　タルタルステーキ、カルパッチョやセビーチェといった生肉生魚料理を食べるたびに、一瞬、ご飯なしでいいのか、倫理的にまちがってないかと途方に暮れる。

　あたしは必死になって抗弁した。

「先生、私たちにとって、ご飯は食べ物なんかじゃないんです。太陽のようなものなんです」

　すると主治医もさるもの、顔色ひとつ変えずに、

「アジア人の患者さんは、みなさん同じことを言いますよ」と。

機内食、ちょーマズし

某航空会社としておく。いつも乗ってる義理がある。乗りまくっているので、マイレージがたまりまくり、エコノミークラスで行き来してるのにもかかわらず、種々の便宜を図ってもらえる。それでますますこの航空会社を熱心に使う。しかし問題がある。機内食がマズい。

あたしはね、母として一家を養ってきた。子どもには、出されたものはみんな食べなさいと教えてきた。この頃はさすがに、アメリカの飯は牛馬用の量だから、必要なだけ食べて後は残す勇気を持ちなさいと教えているが、とにかく小さいときはそうだった。もちろん自分も、出されたものは文句言わずに食べる主義だ。レストランの食事がマズくても、その場ではだまって食べ、家に帰ってから、もう行かないと宣言する。そういう主義だ。

しかしここで言わせてもらう、某航空会社の機内食がちょーマズい。

厨房では試食をしたのか。CAたちは同じものを食べてるのか。だとしたら、労働環境改善のための反乱をなぜ起こさないのか。

一昔前の日本便の機内食といえば（今でもよその航空会社はそうなのか？）つめたーくなった死骸みたいなそばとすしがついてきたものだ。あれですら、なつかしい。

某航空会社の機内食は、まず、構造が初めから間違っているトレイが出てくる。ちゃんとした向きに置くとがたついてかしぐ（その後、これは改善された）。メインはチキンかビーフ、選ぶ余地もなく、むこうの決めたものが投げ棄《す》てられていくこともある。肉と野菜がしょうゆ味。ぞんざいにご飯が炊かれて添えてある。ご飯といったが、たぶん敬語を使われるような扱いは受けてない。それから、保存料で固めたみたいなパンにバター。マーガリンのことがままある。サラダはしなびている。デザートは駄菓子である。

酒類は有料で、ワインの小びんに日本円で八百円も取る（その後、これは無料になった）。

途中で、アイスクリームが出る。固くなったパンにはさんだ人工的なハムチーズが出る（その後、これもなくなった）。以前はこの時間に有名メーカーのポテトチップスが配られた。あれだけはウマかった。でも今はもうない。

朝食は、伸びきったヌードルかパスタ。でなきゃオムレツ。卵好きのあたしにはこれが許せない。卵のふりをしてるが卵ではない。化学卵で作った化学オムレツとしか思えないのだ。ついてくるのは化学ソーセージと化学ハッシュドポテト。情けなくて涙がこぼれる。

ところが、あるときその航空会社が相互乗り入れで、ANAの仕立てた便に乗った。なんと、その機内食が、ウマかった。すみからすみまで気を遣ってある和食だった。経費はかかる、利益は追求したい、でもわれわれはお客様あっての商売だ、それを忘れちゃいけないのだと、歯を食いしばって作っているような、けなげな和食の機内食だった。

こんなに人を人扱いする、食べ物も食べ物扱いする文化が故郷かと思ったら、あたしはものすごくうれしくなって、帰りついてから、ANAのホームページのお客様窓口に、思わずコメントを書いた。「ほんとにおいしかったです」と。しばらくしたら返事が来た。「おほめいただいて光栄です。これからもがんばりますので」と、人間のことばで書いてあったが、なんだか大きな機体の飛行機さんと、直接交流したような気がしたのである。

〈飛行機に乗らない 1〉

コロナ禍で、すっかり飛行機に乗らなくなった。最後に乗ったのはロンドンから成田に帰るANA便だった。プレミアム席にアップグレードもできたのだが、しなかった。エコノミー席が今まで見たことのないくらいガラガラで、四席つながりの席にのびのびと寝ることができたからだ。あれから一年になる。この一年、国際線の飛行機には一度も乗っていない。機内食の味は忘れてしまった。どんどんひどくなっていったのだった。某ファストフードの朝食メニューとかコンビニのパック入りの合成チキンとかを見るたびに、機内食ってこんな感じだったんだっけと考えるが、味そのものが思い出せなくなっていて、でもそれは三十年間分の記憶もいっしょになくなったような感じもして、寂しくてたまらない。（143ページにつづく）

根っこビールと咳止めシロップ

日本で風邪をひいた。風邪じゃなかったのかもしれない。その前は数か月休みなしに働いていた。

姪が就職して喜んでいたのも束《つか》の間《ま》、「休みなしで働かされて疲れ果てている、お給料もすごく少ない」と訴えるのを聞いて、「ブラック企業じゃないの、やめちゃいなよっ」と言ったばかりだったので、他人事ではない。あの子もこんなふうだったと（姪は結局そこをやめ、再就職して、今は無事に暮らしている）考えながら、あたしの場合、ブラックなのは自分のせい、ぐーたらして仕事が遅いせいと思いながら、ふと気がつくとwikipediaで、「農奴解放令」や「奴隷解放宣言」を調べて、なるほど、片方が一八六一年で片方が一八六二年か、なんて愚にもつかぬことに感心している悲しさよ。

累積疲労に加えて、旅の疲れ、それから時差ボケで睡眠不足をひきずって、それでも人に会ったら酒は飲むし夜は遅いしという生活をしていたら、風邪をひいた。子どものときよくひいた風邪より、もっとドロドロとして重たくてどす黒い感じであった。そのうち四十度近い熱が出た。熱が下がっても咳が残った。

それで、日本を渡り歩きながら、咳止めシロップを飲んでいたのである。太平洋を渡る機内でもぐびぐび飲みつつ、アメリカに着いた時点で日本製が底をつき、アメリカ製の咳止めシロップに切り替えた。いや、濫用《らんよう》はしてないので安心して。若い頃、こういうものを濫用して危ういところまで行った。それですっかり足を洗った。もう薬には絶対依存しない。ちゃんとまじめに服用しつつ、咳止めシロップについて考えた。

洋の東西を問わず、咳止めシロップ、みんな甘ったるくてまずい。と一言でいっていいのかと考えた。こうして日本とアメリカの咳止めシロップを飲み比べてみると、その味の違いが身にしみる。日米の文化がそれぞれに向かう方向、そのすべての根本的な違いに思える。

日本の咳止めシロップが飲み物として目指しているものは「ひやしあめ」ではないか。水に水飴《みずあめ》と生姜《しょうが》を入れて冷やしただけという単純きわまりない甘さである。そこに漢方成分を入れて薬効をつけ足したのが、日本の咳止めシロップ。はっきり言ってとてもウマい。

一方、アメリカの咳止めシロップは、たぶん、目指しているものが「ルートビア」ではないか。不必要に薬臭く、文明開化か科学の子かという感じの複雑怪奇な味をして、こってりとして、どろどろとして、歯が浮きそうに甘ったるい。

ルートビア、いとマズし、飲めたもんじゃなしとあたしは常日頃《つねひごろ》思っているのだが、アメリカ人は大好きだ。ビールのブリュワリーにも、自家製の特製ルートビアというのがたいていある。

ルートビアの原材料を調べてみると、なんと、基本は木の根っこ。リコリスの根・サルサパリラの根・サッサフラスの根、日本人にはなじみのない呪文系薬草たちの根っこに、ショウガ、ゴボウ、タンポポの根っこまで、すりまぜて作るらしい。「根っこビール《ルートビア》」とはよく言った。そこにさらに、さまざまな木の皮、ナツメグ、オールスパイス、アニス、シナモンといったスパイス類、その上ビールには不可欠のホップを投入。この分ならカエルの皮やイモリの皮も入ってるかもしれず、そして、どろどろの黒い糖蜜やら白い砂糖やらを加え、じゅくじゅくと発酵させて、ウマしウマしとアメリカの人々は飲むのである。

〈飛行機に乗らない2〉

コロナ禍で、あたしは健康になった。どうして？　と思うでしょう。これまであたしは、毎年風邪を引いて、それはつねに悪化して、いつも咳が残って、それでのたうちまわっていたのだった。冬には、咳止めシロップと咳止めの飴を欠かしたことがない。消費カロリーのほとんどを、シロップと飴から摂っていたんじゃないかと思うほどだ。それがぴったりと風邪を引かなくなって一年になる。つまり、飛行機に乗らなくなって、電車や地下鉄に乗ることもなくなって、人中に出ることもなくなって、しかもスーパーに行くときはマスクして、手を消毒して、家に帰ったら手洗いしてという生活をつづけた結果だとしか思えない。最初から、マスクして手洗いして用心しとけという話だが。

肉心

今はたまたま日本にいる。旅の空だ。旅の空では野菜が足りない。

もともと野菜が大好きで、みょうが以外はなんでも食べる。家にいればもりもり野菜を食べるのに、旅にしあれば炭水化物と油に偏る。食べないとたちまち欠乏の症状が出るかというと、そうでもない。旅の空ではそもそも便通が不規則だから、繊維について考える余裕もない。でも「野菜食べたい」と必死に身体が思うのである。

それで、日本の旅の空で一人でごはんを食べるとき（前にも書いたように一人でレストランにも蕎麦屋にも鰻屋にも入れないのだ）、スーパーのお惣菜コーナーで出来合いの野菜料理を買うようになった。主婦の感覚からすれば、決して安上がりじゃない。でも、これがウマい。筍《たけのこ》と若布《わかめ》とがんもどきの炊き合わせ。小松菜の煮浸しやほうれん草の白和《しらあ》え。焼き茄子《なす》、なんてのもあった。小茄子が二つ焼かれてていねいに皮をむかれて、ポン酢と鰹節がついていた。そんなもの、カリフォルニアの普通の

（日系じゃない）スーパーのお惣菜売り場には、絶対にない。ありえない。

スーパーのお惣菜に感動するあたしを、友人が地場のオーガニック野菜中心の料理を出す店に連れて行ってくれた。日本ってところはすごい。葉菜も根菜も豆も雑穀も海藻も、しゃきしゃき、ねっとり、ずるずる、もちもち、ほくほく、しみしみ、こりこり、いろんなふうに調理されて実にウマい。人と野菜がまったりとむつみ合っておるというところで、カリフォルニアに話を戻す。カリフォルニアめしのいちばん先端は、カリフォルニアロールでも、フィッシュタコスでもなく、ベジタリアン食だと思う。まあ当社比というやつだから断言はできないんだが、そんな気がする。

カリフォルニアは、宗教的というより物好き、ないしは人生的な理由でベジタリアンになる人の多い土地柄で、ベジタリアンカフェが多い。従来通りの肉好きは忌《い》み嫌って寄りつかない。そしてどうもベジタリアンになる前の、従来通りのアメリカ人の食文化は、肉心《にくごころ》というものの上に成り立っているように思える。

日本食は一見ベジタリアン食に見えるが、実は鰹のダシがなくては何もできない。こっちのベジタリアン食はそんなんじゃない。魚も肉も一切使わない。しかもベジタリアンはたいてい健康おたくなので、キヌアやケールやアルファルファといった、健康にイイといわれるものを多用する。それは伝統的なアメリカ食にはなじみの薄いものなので、シェフたちは、工夫する。徹底する。貫き通す。メニューを見てるだけで、その意気込みに圧倒させられる。

野菜はたいてい生で、ブロッコリもカリフラワーもモヤシも生で、「ごりごり」する。アジア風、中東風、南米風と、異文化風に味つけして、なじみのなさを覆い隠し、フェイクの肉を使って、肉心をなだめる。つまり食感はたいてい「もそもそ」ないしは「ぼそぼそ」だ。「ごりごり」も「もそもそ」も「ぼそぼそ」も、日本食で育った人間にはどうもいけない。口に入れるや、ぺっぺっと吐き出したくなる食感なんである。なんだか野菜が好きで食べたくて食べるというより、罰するために野菜を食べているような、ストイックなマゾヒズムさえ感じてしまうのだ。

何を罰するか。自分の肉心を罰する。肉心を持つ自分を罰する。野菜を罰する。くそまずいから罰してやる。罰することが、なんだか快感なのである。

そのマゾヒズムがおもしろくてベジタリアンカフェに行き、「ごりごり」の「もそもそ」の「ぼそぼそ」を味わい、心の中でぺっぺっぺっぺっと思ってるあたしなのである。

サバ科サバ属

鯖が嫌いです。

どういうわけか嫌いです。

自慢じゃないが、好き嫌いは多いほうだ。でも何かを嫌うにはそれなりの理由が、臭《にお》いとか味とか食感とか、人様に納得してもらえる理由がある。みょうがなんて、ぺっぺっと吐き出したくなるほど嫌いだが、このごろおとなになったから、素知らぬ顔をして飲み込むこともできる。

ところが鯖は、鯖だけは、そばに寄るのもいや。それで、ここ五十年くらい口に入れたことがない。アレルギーがあるからと人には言ってるが、たぶん嘘だ。なにしろアレルギーがあるかどうか、わかるまで食べてない。子どものときから、ひたすら嫌いでならないのである。

くさいのだ。洗えばいいと人は言うけど、いったんついた鯖の臭いは、どんなに洗っても落ちたためしがない。人殺しのあとの血痕みたい。触れた箇所からじわじわと全身に及び、そのまま末代《まつだい》まで祟《たた》る気がする。もしや前世で何かあって、その因果《いんが》が果になって応報しているのかも、たとえば、鯖を殺したとか食べたとか……。しかしそれじゃ日本人みんな応報してるはずじゃないですか。

いつだったか駅弁を買って食べた。わくわくしながらぱかっとふたを開けたら、でんと入っていたのが鯖の塩焼き。ああ、どれだけがっかりしたことか。白身魚のフライやちくわ天、百歩ゆずって塩鮭でも、まあ食べる。なぜ、よりにもよって、断りもなしに、鯖の塩焼き。

駅弁のど真ん中で臭気を放ち、隣り合った卵焼きや小さなエビフライが、ご飯粒まで、どんどん鯖臭くなる。こんなに強烈なものが、優しい卵焼きや穏やかなエビフライと同じ扱いをされてるということにまったく納得がいかない。同じ強烈な日本食でも、納豆やくさやを駅弁に入れることは、まず、ありえない。それなのに鯖は入れて当然、入れられて当然なのである。

この間、アフリカのキンイロジャッカルが、実はジャッカルよりオオカミに近かったというニュースを読んだ。イヌ科イヌ属……と思ったとき、はたと考えた。魚にも、科とか属とかあるんかいな、と。で、調べてみたら、なんと、マグロもカツオも、スズキ目サバ科であった。そしてサバは、スズキ目サバ科サバ属であった。鮪も鰹も鱸目鯖科、と書くと寿司屋のカウンターにいる心持ちになるからカタカナで。

スズキ目サバ科サバ属の生物を見ようと、うちの近所の水族館に行ってみた。サンディエゴの郊外のラホヤという町にある、小さいがよく整った水族館で、バーチ・アクアリウムという。そこの目玉の一つが、「ワカメの森」と呼ばれる、壁一面にはめ込まれた巨大水槽である。何十本ものワカメが下から上にゆらゆらしている。そこに大きな魚が一ぱい泳いでいる。その中に、スズキ目サバ科サバ属のサバがいた。

鯖が嫌いです。

どういうわけか嫌いです。

でもそこに、その巨大な水槽の中に、背に青いだんだら模様を背負って、流線形の美しい生物が泳いでいた。それがあんまり美しくて、あいつを釣り上げて、死んだやつをこんがりと塩焼き、しょうがを利かせて味噌煮、昆布《こぶ》締《じ》めにしてばってら、濃い目に下味つけて竜田揚げ……なんて考えることは冒瀆《ぼうとく》、と思ってしまったほど美しい生物なのだった。

うどん、東京風、昭和中期限定

昭和の頃、東京生まれの東京育ちは、うどんは食べなかった。めったなことでは。しかし寒いとか風邪ひいたとか、めったなことはときどきあり、そのたびに母がうどんを煮たもんだ。

母の作るつゆは、しょうゆとみりんを同量入れて、あとは出汁《だし》と酒。どす黒いしょうゆ色だった。いわゆるそばつゆである。母はそのつゆでうどんも煮た。はふはふ言いながらずるずる食べて、子どもの頃はそういうもんだと思っていたのである。

おとなになって「東京のうどんは食えたもんじゃない」という関西出身者の男と知り合って、関西風のうどん屋に連れて行かれた。そこで初めてしょうゆ色じゃないつゆを経験して、いや、驚いた、その色に。そのウマさに。そして母の煮たうどんがどれだけウマくなかったか思い知った。

やがてあたしはその男と家庭を作り、日々の料理を担当したのであるが、工夫したのは、一にうどんつゆで、二にうどんつゆだ。あの味とあの色を、なんとか再現したかったが、どうにもできない。色はそっくりにできたが、おそろしく物足りない。それであたしは市販のめんつゆを足して……そのたびに敗北感を味わった。

ある日、その関西出身の夫に指摘されて気がついた。色が薄いのと塩ッ気が足りないのとは違う、と。もっと塩分を、と。

東京生まれ東京育ちの母は、そしてあたしも、薄口醤油なんて買ったこともなかった。そばつゆも煮しめも黒々としょうゆ色だった。長い間洗わないで汗と垢《あか》でくたくたに汚れた敷布やふとんカバーを、俗に「しょうゆで煮しめたような」というが、あれは生活の場ですごいリアルな表現だったのである。しかし話はまだ続く。

母は、そうやってどす黒く煮たうどんを作り、残ればそのまま鍋のなかで一晩置いた。鍋はアルマイト、あの軽くて黄色い鍋を思い出すと、昭和の日本を思い出す。

翌朝になると、うどんは鍋いっぱいにふやけ、つゆを思いっきり吸い込み、すっかりしょうゆ色になって、べろべろになっていた。

うどんにはいつも天ぷらが入っていた。そしてその天ぷらも、一晩つゆをたっぷり吸って、箸で触れただけで崩れ、いんげんやたまねぎがしゃきしゃきと露出して、衣だけがぷよぷよに油っこく、うどんやつゆと融合して、ある意味、たぬきの究極の姿かと思われるものに変化していたのである。

白状しよう。あたしは冷たいままのそれを食べるのが好きだった。母が見てなければ、お椀に取らずに鍋から食べた。べろべろぷよぷよしすぎて、おたまでも箸でも掬《すく》えなかったのだ。

あたしは小さい頃体が弱かった。よく熱を出して扁桃腺《へんとうせん》を腫《は》らしたから、漢方薬屋で干しみみずを買ってきて土瓶で煎《せん》じて汁を飲ませたと母が言った。……昭和の中期、東京オリンピックの前は、日本もそういう国だったのである。

干しみみずを煎じると、水を吸って、すっかり戻って、土瓶の中いっぱいにみみずがのたくってるんだそうだ。でももう死んでるやつだから動かないんだそうだ。

「あれを思い出すねえ」と母は、二日目のうどんの鍋をのぞくたびに言ったものだ。そしてあたしはべろべろと、それを聞きながらべろべろと、二日目のうどんをすり食ったものだ。

ターキーこわい

今まで食べたいちばん奇怪な食べ物の話をしよう。

これまでも変なものなら食べてきた。腐ってるとしか思えないものや、ぬるぬるのもの、変なニオイのもの、普通食べないもの……しかしそれはどれも、その国の文化では代々人々が食べてきたものであり、食べつけない人間には変で奇妙で気持ち悪くても、普通じゃんと思う土地の人間がいつもいた。でも今から話すこれは、人間のウマいものを食べようという貪欲さが、邪悪なところにまでたどりついてしまった例なのだ。

まもなくアメリカでは感謝祭。お祭りとはいっても、ツリーもプレゼントも、お神輿《みこし》も夜店《よみせ》も、何にもない。開拓のごく初期に移民たちが食いつめた。そこを先住民に助けられ、なんとか収穫までこぎつけた。それを感謝して、先住民やら異邦人やらみんな招いて食いだおれるという趣旨のお祭りだ。

メインは七面鳥《ターキー》。ところがコレがお味の方が……。さっぱりしてるといえば聞こえはいいが、大味で、ぱさついて、その上クサい。魚の生臭さや獣肉の臭いのとは違う、なんとなくおっさん臭い、としか言えない臭さ。もも肉を食べようとすると、割り箸大のスジが筋肉の間からにょきにょきと突き出す。胸肉を食べようとすると、肉としての滋味も旨味《うまみ》もないまま、広い荒野をただ歩いていくだけという気分になる。

好きと言う人もいるけど、それはアメリカ人ばかりで、幼児期の記憶や郷土愛でごまかされてんじゃないかと思わぬでもない。伝統的に、ターキーは薄切りにして、脂と塩気でこてこてのグレイビーをたっぷりからめて食べる。肉や腱《けん》や臭みや歯ごたえが好きなんだ、味わって食べているんだ、とはとても思えない。

数年前の感謝祭、あたしは友人の家に招かれた。友人はヨーロッパ人で、幼児期の記憶も郷土愛もないから、ターキーはぱさついてウマくないと公言し、そのための創意工夫を毎年怠らない。そして、その年のそれは、なんと、ターキーの鴨《かも》づめであった。

もう一度言う。ターキーの鴨づめであった。

つまり七面鳥という鳥の中に鴨という鳥がつめてある。それが（友人曰《いわ》く）鴨の脂をターキーに染みこませ、ぱさぱさをしっとりに仕上げる究極のレシピであったそうだが、ターキーのローストを切り開くそばから、脂光りした鴨がぬうっと出てきたときの驚きは忘れがたい。悪夢のような光景だった。

古今東西の邪悪な皇帝たちは、金と権力にあかせて、いろんなものを食べたといいますよ。生きた猿の脳みそ、何かの胎児、げろげろと思うようなもの、そういう倫理にもとる怖ろしい話の数々、人間が人間の歴史のなかで為してきたさまざまな悪事、そういうものが目の前にどぉんとあらわれたような心持ちであった。驚くあたしに友人はぬけぬけと言った。

「何を驚くことがある。日本には、中にまんじゅうが入っているまんじゅうがあるじゃないか」

う、そういえば。店によって蓬萊山《ほうらいさん》とか蓬《よも》が嶋《しま》とか子持ちまんじゅうとか名前のついている、慶事用の贈答菓子だ。

件《くだん》の友人は日本に何度も行ったことがあり、あるとき、たまたまそれを見て度肝を抜かれたそうだ。まんじゅうを割ったら中に子まんじゅうがいくつも入っていたそうだ。まんじゅうそのものもでっかいそうだ（葬式まんじゅうの歌が聞こえる……）。

まんじゅう入りまんじゅう。鴨入り七面鳥よりそそられる。一度食べてみたいが、基本的に贈答菓子なので、まんじゅう好きの他人に慶事がないと手元に回ってこない。

〈ポテトチップスの現在 4〉

カリフォルニアというところは（西洋諸国みんなそうかもしれない）、ディナーの前に、食前酒を飲み飲み、ポテトやトルティーヤのチップスを何かにディップして食べ食べ、談笑する習慣だった。だからみんな太るのだ。人が集まるところでそうだったから、家で、夫婦二人でもそうした。そんなとき、夫は、二つ折りになったポテトチップスを見つけると、自分では食べずに「俺はなんて愛情の深い夫だろう」と言いながらあたしに手渡してくれた。（206ページにつづく）

アサイー、そして熊

先日、いかにもカリフォルニアっぽい健康食専門のカフェで、とっても健康的なジュースを注文した。

以前、同じ店で、健康食好きがみんな飲んでいるウィートグラスのジュースを飲んだ。試飲用みたいな小カップに、真緑の液体が注がれて出てきた。なめてみたら苦くて辛く、生臭く、青臭く、とんでもなく、目をつぶって一気に飲み下したが、死ぬかと思った。日本の青汁はこれに比べたら、子どもだましのように甘くて飲みやすくウマい。

先日試した健康的なジュースとは、ほうれん草と人参だ。大きなグラスになみなみと、泥っぽい緑色の液体が満たされてきて、のんでみると、ウマくもなくマズくもない。実は、あたしは人参が少々苦手である。子どもの頃は、人参がなかなか飲み込めずに、父に「いつまでも噛んでると、口の中でうんこになっちゃうぞ」と言われたものだ。うんこになったら大変だから、いそいでごっくんと飲み込んだ。まあ、おとなになったら別にきらいではなくなり、こうして人参ジュースまで飲めるようになったわけだ。

ところが飲むうちに、口の中がイガイガしてきた。磁石を砂鉄の中につっこむと、鉄の結晶がシャッと吸いつく。あんな感じに、口の中いっぱいにシャッシャッとトゲの結晶が突き立ったような感じがした。このまま飲んだら口も喉も塞《ふさ》がると思って、半分以上残してしまった。

ほうれん草はポパイに言われるまでもなく、大好きだ。シュウ酸という口をイガイガさせる成分が含まれているから、われわれは茹でて食べる。近年のサラダ用の若い葉はシュウ酸が少ないように改良されているということだ。そしてこの店は、経費節減のために、サラダ用じゃなくて、ふつうのシュウ酸入りほうれん草を使ってジュースを作ったんだろうと考えたのである。

その数日後、またこの店に行き（友人に誘われるのだ）、今度はアサイーというものを食べて、もっと激しいトゲトゲに襲われたように感じた。砂鉄の鉄分が、のどの奥に突き刺さって、むりむりむりと盛り上がったように感じた。無数の鉄の結晶が、皮膚を貫いて、いきなり飛び出してきたようにも感じた。

そのとき、ほうれん草のジュースもアサイーも、シュウ酸なんかじゃなく、アレルギー反応ではあるまいかと考えた。

アサイー、アマゾン原産のヤシの実だそうだが、加工されたものしか見たことない。数年前からカリフォルニアでも大流行で、ジュースやスムージーに入っていて、おどろおどろしい紫色である。

あたしは子どもの頃からアトピーっ子で、湿疹だらけだったし、耳はいつも切れていた。今でも植物にかぶれやすく、虫刺されは治らないし、風邪をひくと喘息《ぜんそく》みたいになる。でも食べ物は平気だった。やっとあたしにも気をつけねばならぬ食べ物ができたかと思うと、すっかりおとなになった気分だが（だいぶ前からおとななんだが）、残念ながら、アサイー、一生食べなくてもいっこうに困らない。気をつける機会もあんまりない。

それで思い出したのが、熊クッキー。

友人（アメリカ人）が、アメリカのど田舎の山奥で、食べたことがないくらい美味しいクッキーをごちそうになった。「むちゃくちゃおいしいですね」とほめたら、「実は、バターのかわりに熊の脂肪を使いました」と教えられたそうだ。この熊バターを、うちの娘が食べたらどうなるか。実は、うちの娘には、かなりひどい熊アレルギーがあるのである。

熊アレルギー、どうしてわかった？　とみんなに聞かれる。

昔、熊本の「阿蘇カドリー・ドミニオン」という、熊だらけのふれあい動物園みたいなところで子熊を抱かせてもらい、かわいいかわいいと抱っこしてるうちに、みるみる涙目になり、顔が腫れ上がった。猫やうさぎを抱っこしたときにも同様の反応が出る子だった。それ以上置いておくと危険なので、あたしはそうそうにそこから娘を連れ出した。本人はこの事実をひどく得意がり、学校などにアレルギーを申告するときに、「猫、うさぎ」と書いて、次に必ず「そして熊」と書き添えている。

ニガし

あたしは元来、酒は飲まなかった。若い頃から詩人だったから、飲み屋にはずいぶん行った。いや、自分から行ったんじゃない。同業の詩人たちに連れて行かれたのだ。今思い出してもこりごりする、ああいう日本の酒飲みの文化は。七〇年代のことだ。飲み屋の中は煙で向こうが見えなかった。みんな酔うために飲んで、飲んだら吐いた。吐いて乱れた。若かったあたしも、乱れて懲りた。

二十数年前にカリフォルニアに来てみたら、下戸《げこ》の遺伝子を持ってる人は少なく（日本人にはとても多いそうだ）、ずっと年上の夫の友人たちはみんな熟年や老年で、飲み方も落ち着き、酒量もわきまえ、飲まない人には勧めない。楽しそうに、おいしそうに飲むのである。それであたしも飲むようになった。今じゃ毎晩飲んでいる。そして、やがてビールに出会った。

あたしのビール体験は、第一期、第二期、第三期に分かれる。

まず第一期。ビールに目覚めた時期である。イギリスのペールエールというものを初めて飲んだ。サミュエル・スミスだった。

あたしは驚いた。これがビールなら、今まで飲んでいたあれはなんだったのか。ローストチキンもチョコレートムースもマッシュポテトもきゅうりのサラダも、何もかも包み込んだような滋養のある苦みであり、滋養のある黄金色であった。

ハマるとつっ走るあたしである。ビールの本を読み、酒屋に日参していろんなビールを買い込んでき、味わった。ああの頃は、知らないことを知っていく喜びでいっぱいだった。飲んで飲んで飲みまくり、ビール道を究め、そのうちビールの本も書いたろとさえ思っていた。

ただ悲しいかな、あたしは量が飲めない。一パイントが上限である。つまり中びん一本くらい。その上、どのビールを飲んでも、ただウマいと思うだけなので、批評にならない。なにしろイギリスのビールもドイツのビールもチェコのビールもベルギーのビールもウマい。ラガーもエールもピルズナーもペールエールも、どれもウマい。上面発酵も下面発酵も、大麦ビールも小麦ビールも果物入りビールも、みんなウマい。ただ一つ、アメリカの地ビールが苦手だった。

なんだかやたらに苦いのである。思わず顔をしかめて、息を止めて飲みこまないといけないくらい苦い。我慢比べでもしてるように苦い。ほんとはビールじゃなくて液体正露丸《せいろがん》でした、とでもいうように苦い。そしてアメリカのブリュワリーは、どんどん苦いのを開発する。

この苦さは、ある意味、ものすごくアメリカっぽいとあたしは思う。極端から極端につっ走るのだ。タバコがダメとなれば、社会をあげて禁煙する。肉食がダメとなれば、健康志向の菜食主義に走る。そのくせジャンクフードはこんなにあってあんなにジャンクだ。そして今はビールを苦くすることに走っている。どこへ行くのか、何を追い求めているのか、バランスのとれた中道というものを知らないのかと、アメリカの苦いビールを飲むたびに、苦さに顔をしかめながら考えていたのである。

ところがだ。あたしの住むサンディエゴは、なんとビールでちょー有名だった。これに気づいて第二期に突入する。

やっぱりニガし

サンディエゴはビールで町興《まちおこ》ししてるのかもしれない。

なにしろ雨後のタケノコの勢いで、ブリュワリーやテイスティング・バーが出現している。ちょいと歩けばビール通の男(女もいるけど、男が多い。どうも男の文化らしい)に出会う。サンディエゴで男の恰好をしている土地の者がいたら、老若を問わずビール通だと思っていい。えーと、上面発酵ってなんでしたっけと彼らに話しかければ、こっちの英語力なんかおかまいなしにたっぷりと語ってくれる。

サンディエゴの郊外に車を走らせると、あちこちに急ごしらえの簡易オフィス群がある。兵舎の列みたいな、殺風景な建物が並ぶ。新しいブリュワリーやテイスティング・バーはたいていそういうところの一角にある。ビールはあるが、食べ物は出ない。それで脇に小さなトラックが停《と》まって食べ物を出す。揚げ物やメキシコ風のつまみ、ピッツァ、ソーセージ、そういうものだ。

大きいブリュワリーには観光客が押し寄せる。そういうところはレストランも充実している。工場見学もあるし、おみやげ屋もある。びんや缶のビールはもちろん、ビールの手作りセットも、San Diego と書いてあるTシャツも買える。

うちの夫はビールを飲まなかった。ロンドン出身なのに、もったいない話だと思っていた。でも彼はあたしのビール好きを知ってたから、食事が出るようなビールの店に、ときどきいっしょに行ってくれた。ところがそういう店は、客が長居して食べて飲むから、みんな酔っぱらっていて、おそろしくやかましい。ものの数分で声が嗄《か》れる。夫は耳の遠い老人だったから、まったく会話が成り立たなかった。同じテーブルにすわっていても、夫はあぶったイカかなんか前にして（してないが）、遠くに舟唄かなんかを聞きながら（聞こえてないが）、遠い目をして、好きでもないビールを黙々と飲んでいた。つまりちっとも楽しくなかったのだ。

その夫が死んだことについては、すでに書いたのでもういい。老い果てていたのでしかたがない。ただ、その後、あたしの食生活はほんとに変わった。そしてビール生活がいきなり花開いた。

今は近所の友人たちに誘われて、ほいほいと、近所のテイスティング・バーに行って、試飲用グラスで三つ四つ飲んで帰ってくる。夫のことも、食事作りも気にしなくていい。しかも、いっしょに行く近所の友人は日本人だ。夫の生きていたときから親しくしていたが、以前は夫がいたから、疎外感を与えまいと、いつも会話は英語だった。夫がいなくなった今、あたしは英語から解き放たれ、友人たちと自由自在に日本語をしゃべれる。どんなに店内がやかましくても、日本語なら聴き取れる。ひそひそ声で話もできる。日本人の友人、日本語の会話という楽しみも相まって、あたしのビール第二期はすっかり爛熟《らんじゅく》した。

それからさらに第三期があるとは思ってもみなかったが、あったのだ。つい最近、去年の秋のことだ。あたしはビールの苦みに覚醒したのである。

夏の終わりに収穫した新ホップ。秋にはそれを使って、各ブリュワリーが、特別に爽やかで特別に苦いビールを作る。限定販売だったり、特別に高かったりする。そんなビールをたまたま酒屋で見かけ、何の気なしに買って飲んだ。そして驚いた。あまりにウマかった。最初にあのサミュエル・スミスを飲んで驚いたときのようだった。

今は、ビールは苦ければ苦い方がいいと思っている。苦みという新しいドアをコジ開けた感じだ。目の前に、見渡すかぎり、苦みの畑がひろがって、緑のホップがたわわに生《な》っているのである。

〈そしてナツカシ〉

二〇一八年に日本に帰ってきて、まず、なによりも懐かしかった《ミスした》のが苦いビールだった。苦い、苦々しい、苦り切った、苦汁や苦虫をなめるような、あのビールだった。苦心して同じように苦い国産のクラフトビールを探し出し、製造元から月ぎめで送られてくる頒布会みたいなのに入り、毎月、ウマしナツカしと飲んでいたが、そのうち月十二缶が飲みきれなくなってやめてしまった。一緒に飲む友人がいなかったし、カリフォルニアのビール屋で食べるピッツァもなかった。一人で、えびせんか何かで飲む苦いビールは、ただ苦いばかりだった。

またハマる

柏餅の季節であるが

五月である。柏餅の季節である。

こないだまで和菓子屋には草餅やうぐいす餅が売られていたが、もうないはずだ。今はだいたい柏餅のような、色の地味な飾り気のない剛気なものが多いが、これからどんどん新緑が濃くなると、お菓子にも緑が目立ってくる。それから青梅や鮎《あゆ》を模したものが出て、透明な葛《くず》がかかってるものが多くなり、お菓子か雨の雫《しずく》かわからなくなり、葛桜や葛まんじゅうが出る。それから、錦玉《きんぎょく》や水ようかんが出る。冷たくてつるんぷるんとしたものばかり食べてるうちに、秋風が吹く。やがて新栗の栗鹿の子《くりかこ》が出る。鹿の子の季語は夏だ。でも新栗は秋だから、新栗鹿の子も秋なのだ（まだまだ続く）……。

そう、和菓子とはこのように、俳句をそのまま食べ物にしたようなものなのである。

ここ数年、食べたいと思っているものがある。しかし正しい季節に正しい場所に行かなければ食べられない。で、何十年も食べてない。

桜餅だ。

あたしは東京生まれの東京育ち、しかし縁があって熊本が第二の故郷になり、今も家が残してあるからちょくちょく帰る。帰るたびに近所の和菓子屋で季節の和菓子を買う。ところがここに問題がある。

関東の桜餅と関西の桜餅は違うのだ。そして熊本は、悲しいことに、桜餅的には関西文化圏で、どんなに正しい季節に正しく買っても、それは、あたしの食べたい桜餅じゃない。

悲しいことに、あたしの住んでいる南カリフォルニアの日系スーパーで売ってる桜餅も、また関西仕様の桜餅。桜餅の世界では、関西仕様の桜餅が主流になりつつあるということか。悲しすぎる。ありえない。断固、受け入れたくない。桜餅はアレじゃない。

どう違うか。たかが桜餅と思っているやからはよく聞くように。

関西の桜餅は、道明寺《どうみょうじ》桜餅という。餅米から作る道明寺粉で丸く作ってあり、食感は「ねちねち」。中にあんこ、外に桜の葉の塩漬け。

関東の桜餅は、長命寺《ちょうめいじ》桜餅という。小麦粉から作る皮であんこを巻いてある。食感はまず「ふわぁ」と来て、口に入れるや「もっちり」が来る。外に桜の葉の塩漬け。

桜の葉は、諸説あるようだが、あたしは食べる。葉脈の柔らかいので作ってあれば、抵抗なく食べられる。すると、塩みと渋みが甘みにからまり、草餅や柏餅や練切《ねりきり》なんかじゃ比較にならないほど、複雑になる。それが桜餅の醍醐味だ。道明寺は繊細すぎてそれが味わえない。

食べたい食べたいと思いながら、今年もまた、その時期はとっくに過ぎた。もうすぐ日本に行くから、柏餅を食べる。夏にも行くから、葛まんじゅうも食べる。新栗鹿の子の時期にもきっと行く。栗蒸し羊羹《ようかん》も食べられるかもしれない。それから秋が深まり、木々が紅葉して、和菓子の色も赤や黄色になり、やがて霜や雪のイメージで白っぽくなって、新年になる。花びら餅が出る。そして、梅が咲き、桃が咲き、菜の花が咲き。桜餅が出て終わり、桜が散る。ああ一年が、桜餅に出会えないまま、なんと空《むな》しく過ぎていくことか。

シュープリームなオレンジ

昔から包丁使いが巧《うま》い。千切りもみじん切りもお手のものだ。かつらむきも面取りも飾り切りも手を抜かない。ただあたしはカリフォルニア在住のおばさんで、普段はローストチキンとかアボカドのサラダとか、そういうのを作ってるから、腕前が腐っている。しかしこの頃この腕前を生かせることを見つけた。それで毎日オレンジをむいている。

発端はみかんの缶詰だ。カリフォルニアでも売っている。ある暑い日に冷蔵庫で冷やしたみかん缶を食べたらウマかった。みかん缶なんて子どもの頃に食べ飽きて、パイン缶や白桃缶に比べたら断然つまらないと考えていたのに、こうして久しぶりに食べてみると、なんと、新鮮でさわやかで滋味にあふれて喉越しがよくて懐かしいものか。生みかんのウマさとは何が違うのか。そうして追究しはじめたのである。

みかん缶の果肉には、裸体感、ぬたり感、ぷるん感がある。薄皮や筋を薬品で消滅させているせいだ。それから火を通しているせいだ。

自分で作ってみた。みかんはないからカリフォルニア産のオレンジを使って、厚皮をむいて、一袋ずつに分けて、ベーキングソーダ入りのお湯で湯がく。それから冷水の中で指の腹に載せて、薄皮をそうっとはがし取る。こすっただけで取れる。垢すりみたいな作業である。

手作りのみかん缶風オレンジを、本物のみかん缶の中身に混ぜあわせたらウマかった。工業的に作られた缶みかんの均一的なぬたりぷるんと、シロップの甘さとが、半生オレンジの微《かす》かなほろ苦さと酸っぱさに混じり合うのだ。

あたしは感動して次に進んだ。というより手作りのみかん缶風は面倒くさくてやっていられないので、別の方法を編み出した。それが「オレンジ・シュープリーム」。言訳せば、最高のオレンジ。オレンジのむき方の中で、いちばん上品でぜいたくだと言われているむき方なのである。

包丁使いの腕が鳴る。血がたぎる。包丁を操るというのは、攻撃性と実用性とエロティックな欲望を同時に満たしていくことだ。少なくとも、垢すりよりは、ずっと。さて、方法はこうだ。まず包丁を研《と》ぐ。じっくり研ぐ。そしてオレンジの両端を切り落とす。南極と北極をすぱんと切り取った地球儀みたいな形にして、まな板の上に据え置く。包丁の刃を、厚皮の下の薄皮のさらに下に差し入れて、上から下へ、地球儀の丸みに合わせて、厚皮も薄皮もそぎ取っていくのである。

こうやって果肉がむき出しになる。一つ一つの袋を分けている薄皮が、筋になって、表面に浮き出して見える。それに沿って刃を切り込んで、薄皮から果肉を切り離し、取り出す。つややかな果肉だけが取り出される。それは確実にあたしが包丁を入れて切り取ったものなんであるが、なんだか自分からするりとむけて出てきたみたいに見える。

ぬたりぷるんに、ほろ苦さと酸っぱさ。そこにもう一つ、火を通してない生の果肉の、命の強さ、したたかさとでも呼びたいものが混じり合い、えもいわれぬウマさである。

あんこなめなめ

長女の名前は「カノコ」という。妊娠中に秋が来て、近所の和菓子屋の店先に一枚のポスターが貼られた。ちょうど「命名・鹿の子」みたいな毛筆で「新栗鹿の子」と書かれてあった。女の子の名前を探していた母体が、それにぴぴっと反応したのである。次女のときは「あんこ」か「きなこ」にしたいと思ったが、当時の夫に猛反対されてあきらめた。

それほど和菓子が好きだった。そう、ほんとに長い間、自分は和菓子好きであると思っていた。しかし、もしかしたら餅とか求肥《ぎゅうひ》とかまんじゅう皮とか、どうでもいいのかもしれないということに気がついたのは最近だ。

日本の各地に銘菓と呼ばれるものがある。もらったり自分で買って人にあげたりするものであるが、もらってうれしい、食べてうれしいものがいくつもある。

たとえば、岡山の「大手まんぢゅう」。品のいいあん玉に、透けるほど極薄の酒種入りの皮がかけてある。

それから熊本の「誉《ほまれ》の陣太鼓」（熊本の人間はたんに「陣太鼓」と呼んでいる）。とろとろの求肥の周囲を物々しく粒あんが固めている。

浦和の「白鷺宝《はくろほう》」。素朴な白あんのあんこ玉にミルクが優しくかけてある。

東京舟和《ふなわ》の「あんこ玉」は、店の名をつけないと普通名詞に間違われそうな名前だが、見栄《みえ》もてらいもない、まっ正直なあんこ玉だ。

みんながっつりとあんこである。つまり、和菓子は好きだが、あたしの目的は、あくまであんこ。

そういうわけで、ここカリフォルニアの日々にも、あんこ物を切らしたことがない。なるべく餅だの皮だののないものを求めると、羊羹に行き着く。締切り前の朦朧《もうろう》とした頭にパンチを入れるのが羊羹だ。ピュアな甘さが脳に沁みる。それでせっせと日本に行っちゃ買って帰るし、日本から来る人が重たいのに持ってきてくれたりもする。

しかし待て。羊羹も元を正せばあんこじゃないか。パンチを入れるだけなら、あんこでいいのだ。それに気がついて、この頃は単刀直入に、日系スーパーで、袋入りや缶詰の粒あんや漉《こ》しあんを買ってくるようになった。

いや待て。あんこなど、小豆を煮て砂糖を入れるだけ。自分で作れば鍋いっぱいできるのではないか。

あんこが鍋いっぱいと思っただけで極楽で、こんどは乾物の小豆を買ってきて、何回も試してみた。ところがだめだ。自分で作ると雑念が入る。体重とか、カロリーとか。それで砂糖の量をつい少なめにしてしまい、できたあんこは、甘さ控えめのパンチの利かないやつになる。というわけで、やっぱり市販品にかぎる。袋入りや缶詰の粒あんや漉しあんを買ってきて、あんこなめなめ、原稿を書く。

しかし待て。カリフォルニアの郷土料理といえば、メキシコ料理。そしてメキシコ料理につきものなのが、煮豆である。

最初に食べたときは、あんこ！　と思って食らいついた。ところがそれが甘くない。ものすごくがっかりした。メキシコの煮豆は、インド料理のダルと同じく、塩味と脂味なのである。

そう考えたとき、あたしはすごいことに気がついた。あんこの要素は小豆と砂糖と水だ。つまりあたしが好きなのは、豆ではなく、水でもなく、ただ砂糖なのかもしれない、と。

じゃ砂糖なめとけと思って、締切り前のあたしは、氷砂糖とブドウ糖錠剤を買ってきた。ああ、あんこがウマい、あんこが好きだって話がとんでもないところに……。

卵サンドの玉手箱

大昔、十代の終わり頃のあたしは、若くて、そして摂食障害で、がりがりにやせ細って飢えていた。

摂食障害は、食べ物のあふれる現代社会に居ながらにして、飢餓を体験するという凄《すさ》まじい体験だった。口に入るものはなんでも食べないと飢えて死ぬぞという覚悟で、なんでも食べた。あるいは同じその覚悟で、なんにも食べなかった。

ああやって飢えたという経験は、人生を複雑に、そして豊かにしたとときどき考える。おっとつい重たい話を。ウマいマズいの話だっていうのに。

だいぶ前のことだ。ローソンで卵サンドを買って食べた。ふつうの卵サンドよりだいぶ高かった。耳のついた食パンの中にゆで卵のマヨ和えをむっちりと入れて、手でぱふっと折り曲げたようにしてあった。とてもウマかった。

パンの耳は好きじゃない。摂食障害だった頃食べ過ぎたからだ。

あの頃あたしはパンが（他のものも）食べられなかった。パンは誰かが見張っているような気がして食べられなかったのである。でも耳はよく食べた。耳ならパンじゃない（ほんとはパンだが）と自分でルールを作っていたから平気だった。だから徹底的に耳なしのヤマザキのランチパックなんて、なじんだ毛布とか自分のにおいのするタオルみたいに好きだ。

でもローソンの、その卵サンドについてた耳はウマかった。年取って昔のトラウマがなくなったのだ、丸くなったものだなどと思いながら、耳つきの卵サンドを食べた。

この頃、気になっているものがある。天《あま》のやの玉子サンド。

ある日、羽田空港の出発ロビーで目を留めた。小さい箱で税込七百二十一円。卵サンドとしてはバカ高かった。かつサンドと同じくらいだ。なぜそんなに高いかとためらいはしたが、それだけの理由がなくちゃここで売ってないだろうと素直に考え、買って食べて驚愕した。ゆで卵マヨじゃなくて、だし巻き卵。それが甘い。塗ってある辛子が辛い。パンがどこまでも柔らかい。キラキラと空港のガラス越しに差し込んだ光が、そこで四角く固まったような食べ物だった。

羽田空港に行くたびにもう一度アレを食べようとしているのだが、どうしても買えないのだ。時間に追われて売ってるのを横目に見ながら走り過ぎることもあった。売ってるところがみつからないこともあった。ただただ切歯扼腕《せっしやくわん》した。

そうこうするうちに、アレはいったい何だったんだろうと疑問が湧いてきた。キラキラして甘くて辛くて柔らかかった。卵サンドを買ったとわかってなければ、卵サンドと思わなかったかもしれない。いや、もしかしたらほんとにそれは卵サンドじゃなく、食べ物でもなく、玉手箱のようなものだったかもしれない。そういえばサンドイッチの箱なんて形も大きさも重たさも玉手箱にそっくりだ。開けても食べてもいけないものだったのかもしれない。

そんなことを考えていたとき、東京西麻布の裏通りの小さなカフェ「Rainy Day」で、ここでよく朗読会などをやるのだが、ここの卵サンドはおいしいからと言われて食べた卵サンドに、あたしは再び驚愕したのである。それはなんとだし巻き卵を、なんと耳つき食パンにはさんで、ぱふっと二つ折りにしたもので、卵は、天のやのほど甘くなく辛くもなく、その耳つき食パンは、ローソンのパンよりしみじみとパンで、ああウマかった。

人生の妄想や夢やファンタジーが、玉手箱を開けて現実になり、耳つきパンとだし巻き卵の形で地につながった瞬間だと感じたのである。

馬会う無くーへん

あたしはカリフォルニア在住のおばさんである。こないだ突然バウムクーヘンに恋い焦がれて血マナコで探し回ったのだが、どういうわけかカリフォルニアで見つからない。

恋い焦がれたのにはわけがある。数か月前に東京に行ったとき、羽田空港の中で、とあるバウムクーヘン専門店の前を通りかかり、あのバターとバニラなにおいにつられ、う、ウマそうだなと立ちどまり、思わずショウケースの中をガン見したが、搭乗時刻に迫られており、そのまま買わずに立ち去ったという心残りがあったからだ。

これを仏教的に言うならば、愛別離苦《あいべつりく》。愛する者と別れる苦。求不得苦《ぐふとくく》。求めるものの得られない苦。怨憎会苦《おんぞうえく》。いやな者に出会う苦。五蘊盛苦《ごうんじょうく》。生きてるだけでいろんなものに執着する苦。この四苦に、生老病死の四苦を足して、四苦八苦。人間がみんな持ってる苦なんであります。

日本ですらこんなにあるんだから、ドイツ系アメリカ人のいっぱいいるアメリカという国でバウムクーヘンを買うのくらいへのかっぱと思っていたら、とんでもなかった。どこにも見つからないのである。ギロとかドネルケバブとかいうのを見るにつけ（それならあちこちにある）あれがバウムクーヘンであったならと歯がみした。バウムクーヘンとは、まさにああいう棒にケーキたねを、滴らせ、滴らせして、焼き上げるのである。

ドイツ系の食料品店にも行ってみた。そこは名高い精肉店で、職人の確かな目で選ばれたいい肉が手に入る。そしてドイツハム、ドイツパン、ドイツビール、ドイツワイン、ドイツの漬け物、ドイツの乾物、ドイツ産のものは車と犬以外なんでも揃う。だからお菓子だってと思ったが、シュトゥルーデルもシュトーレンもチョコがけマジパンもあるのに、バウムクーヘンはなかった。

欲しいものがゲットできない苦しさ。これを仏教の方では、求不得苦ということはすでに話しました。

もだえながらさがしまわっていたところ、なんと、アジア系の会社や食料品店がうちならぶ地域にある、日系人や日本人はみんな行く日系スーパーの袋入り菓子のコーナーで見つけた。袋の中で、小さな一片一片が個別包装されてあった。まあ、買って食べたが、なんとなく、駄菓子か仏壇のお供え菓子、せいぜいがんばってもお茶の間で食べるブルボンルマンド的な感じであった。

それで気がついたのだ、まさに、日本というところは、バウムクーヘンだらけであることに。

羽田空港まで行かなくたって、街のデパートには、バウムクーヘンの老舗がある。ショッピング街を歩けば、新興のバウムクーヘン専門店にあちこちで行き当たる。そういうところは、売り場からバウムクーヘンを焼いてるところが見られる。注文すると、焼きたてのバウムクーヘンからざっくりと切り取ってくれたりもする。まるで、豪華なマグロ解体ショーみたいなバウムクーヘンなんだが、また一方、昔ながらの日持ちする贈答用菓子のバウムクーヘンもある。コンビニには個別包装された生菓子っぽいバウムクーヘンがあり、スーパーには袋づめの駄菓子っぽいバウムクーヘンがある。

あたしが子どもだった昭和中期には、年輪っていうことで、ただひたすら縁起物の贈答品扱いだった。それが今じゃこうして社会のすみずみにまんべんなく行き渡っておる。でも、いまだにまだ、やや高嶺《たかね》の花というか、取り澄ましたよそよそしさを感じる。名前のせいじゃないかと思うのだ。一計を案じ、google 翻訳に「Baumkuchen」と入れて、元の音を聞いてみた。

「クーヘン」は、けっして、きへんやけものへんの仲間みたいなひらべたい音じゃなかったことがわかった。でももっと不安なのは、その上の「バウム」の部分だ。今まで馬鹿の「ば」、会うの「あう」、そして「無」の「む」の集合みたいに発音していたが、なんだか違う。これでいいのか。ないん、とドイツ語が聞こえてくるようだ。つまり、カステラやプリンほどの親近感はなく、カヌレやパンナコッタほどの距離感もないバウムクーヘン。その絶妙な距離感が愛されて、日本の社会に、こうまでまんべんなく行き渡っているのではないか。

きのこ（真似をしたらいけません）

もう食べ物のネタは尽きた。そう思っていたのだが、けっこう日々の散歩の道々で、これは食べられるあれは食べられると考えている。

そこで気になるのが、きのこである。食べられるのかな食べたらどうかなと木や草やうさぎや鳥を見たときより考える。きのこというものに、食べたいという激しい誘惑と、毒があるかもという激しい制限があるからではないか。

手つなぎ鬼みたいなきのこがある。枯れたスズカケノキの周りに輪を作って生えるのが手をつないでいるように見える。ここ数年激しい旱魃《かんばつ》がつづいたせいで木が何本も枯れたのだ。枯れた木の周りにも生えるが、枯れかけた木の周りにも生える。地面の下に巨大な菌糸体があるという話だが、見えるのは輪になったきのこばかりだ。きのこたちは死にかけた木の周りに輪を作って、木の枯れていくのを見守っているようだ。自分たちも、出てきて二、三日でしおれて黒ずんで干からびて消える。

きのこのサイトを見ていたら、この手つなぎ鬼にそっくりなのを見つけた。ヒトヨタケという。ほんとにこれならば、食べられるが、酒といっしょに食べると悪酔いするそうだ。だからあたしは前後数時間酒断ちをしてヒトヨタケの試食に臨んだ。オリーブ油で炒めて食べてみたが、ウマいかどうかわからない。生臭かったかもとしか言えない。食べてる間、毒かも毒かもという思いが脳内を駆けめぐり、舌の感覚が萎縮して何にも味わえなかったのである。

公園の一角に木材チップがしきつめられてあり、そこに大きいきのこがにょきにょきと生える。これが、なんと、どこから見てもポルトベロ、あの高級食材の巨大きのこ。きのこのサイトで、まさにこれそっくりのを見つけた。味はすばらしいと書いてある。

今回は策を弄《ろう》した。つまり行きつけのスーパーのポリ袋を持って、きのこを取りに行った。手をかけて太いのを折り取ったときには少なからず興奮した。取って食う。それがこんなに生理的な快感とは。狩りで獲物をしとめたことはないが、こんな興奮じゃないかと思う。

さて、袋に入れて家に持って帰って冷蔵庫に入れた。そしてそのまま一日待った。

次の日に袋ごと取り出してみたら、袋に入った巨大きのこは、まるで昨日買ってきたポルトベロと言わんばかり。公園から取ってきたとは思えない。買ってきた買ってきたと自分に言い聞かせながら、炒めて食べた。ポルトベロかどうかはわからなかった。こういうときに味の正体がつきとめられる絶対音感みたいな絶対味覚を、あたしは残念ながら持ってない。むしろなんだか生臭いなと感じ、気のせいかと疑い、毒かもとびびり、いやポルトベロの味じゃねと思いつつも、舌は萎縮し、結局、何にも味わえなかった。

この他によく見るきのこといえば、砂地に生える小さい白い丸いきのこ。熟したやつを踏むと、どろんと煙になって消える。その煙が怪しすぎて食べたくならない。バレーボール大の土色のきのこも土から盛り上がってくる。熟したやつをつつくと崩れて、茶緑の中身がぐずぐずほろほろと出る。まるで馬糞《ばふん》だ。きのこサイトの説明には「味は不明」と書いてあるから、つまりだれも食べてない。あたしもこれは食べたくない。

チアとバジルとカエル

カリフォルニアにはセージという植物が多数自生している。セージというのはシソ科サルビア属の草たち、灌木《かんぼく》たちで、たいていいい匂いがする。料理に使うセージも同じ仲間だ。

日本の夏の庭によくある、突き出した舌みたいな赤い花弁を引っこ抜いてちゅっと吸うととても甘いサルビア、あなたの部屋に投げ入れたいといつもいつも思ってたあの花、と言ってわかる人が世間にどれだけ生き残っていようか。大むかし「サルビアの花」という歌が流行ったのだ。あのサルビアもまさしくこの仲間。

そのローカルなセージたちの一つがチアという名前なのを知った。最近よく聞くチアというものが、思いがけず身近な植物からできるというのを知って俄然興味がわき、チアシード買ってきて食べ始めたと思ってください。種《シード》ですよ、チアというシソ科植物の。

以前、近所のアジア食品マーケットでへんなものを見た。カップの中にカエルの卵とシロップがどろりと入っていて、客が注文すると店の人はそこにしゃっしゃっと氷をかき入れて客に渡す。「それはなんですか」と店の人に聞いてみたが、要領を得ない。「カエルの卵じゃないですね」と聞いても「イエス」と言われ、「カエルの卵ですか」と聞いても「イエス」と言われ、向こうも移民でこっちも移民、双方つたない英語がつたなすぎた。あるいは向こうに質問に答える気がまったくなかったのかもしれない。

埒《らち》があかないのでおそるおそる買ってみたところ、見かけどおりにねろねろぷるぷるして、でも思いがけずウマかったから何回もリピートした。数年後にそれが水に浸けたバジルの種《シード》と知って、驚いたのなんの。あたしゃずっとカエルの卵と信じこんで食べていたのである。

チアがシソ科なら、バジルもシソ科、チアシードはバジルシードにそっくりだが、あそこまでカエル感がない。メキシコからグァテマラが原産で、アステカの昔から食べられていたそうだ。その上コンブチャ（紅茶きのこ）やキヌアやザクロみたいなファッション系健康食品としても扱われてるから、どこにでも売っている。でもまさかそこらに普通に生えてるとは思わなかった(正確には食用のとはちょっと種類が違う。でも同じ科で同じ属)。

種を水につけておくと数分でぷるぷるになる。それをただヨーグルトにまぜて食べる。ぷるぷるでねろねろでぷちぷちする。ウマし。

そのぷるぷるでねろねろでぷちぷちは、カエルの卵に似ている。魚の卵にも似ている。ラズベリーやブラックベリーにも似ている。パッションフルーツの種にも似すぎているし、ザクロの種にもカキの種にも似ている。つまり生命が生まれ出ようというときに、それを保護しつつ外に押し出す役目のぷるぷるでねろねろだからこんなにもウマいんだと思う。

ネットで調べたら一日に大さじ一ぱいが適当とか書いてある。でもウマいからそんなものじゃ済まない。一日にどんぶり一杯、二杯と食べている。そのせいか、食べ始めてからというもの、便秘知らず。ほかにもいろいろ効能があるらしいが、体感できるのはこの点だけだ。下痢もなんにもなくて、ただしずかに、体内と体外がつーっとつながっていっているような感じである。

しるこをドリンクする

冬、日本で、自販機の前に立つと、必ず探し求めるものがある。しるこドリンクというものであります。

どの自販機にもあるわけじゃないので、見つけるとほんとにうれしい。五本か六本買いだめしたいくらいだが、たいてい旅の途中なので荷物を増やすわけにはいかない。それでいつも一本ずつ、惜しみながら買う。すぐに飲まない。しばらくコートのポケットに入れて温《ぬく》もる。少しずつ温度が消えていく。ある一瞬、ことばで曰く言い難いが、これ以上温度が下がればもう温もらない、しることしてもウマくないという一瞬を見きわめて、缶を開け、最後の一粒まで味わうのである。

実は、プロの作ったおしるこを食べたことがない。食べたことのあるのは母の作ったおしるこのみで、母のは母のダイエット状況によって、甘かったり甘くなかったりした。

高校のとき、学校帰りに友人と甘味屋にしばしば寄ったが、そこで食べたのはいつもところてん。器の中にところてんだけ入って出てくるから、生醬油と酢を自分でかけた。きーんと脳天にひびくような生醬油と酢で、後期思春期のモヤモヤを、自信のなさを、受験のストレスを忘れようとしていたんだと思う。

しかしちょっと待て。

今、ところてんを買うと、それには甘みのあるたれがついてくる。いわゆる三杯酢だ。ときにはまるで葛切りのように黒蜜がついてくる。それに慣れてしまって、あの頃ほんとに二杯酢で食べていたのか、記憶が信じられなくなっている。

それで調べてみた。そしたら、やっぱり地方によって違うのだった。関東は二杯酢、東海は三杯酢、関西は黒蜜、九州はいろいろ……でも九州は元々醬油が甘いから、きーんとした二杯酢にはなりようがない。他にもポン酢がある、白砂糖がある、目玉焼きに何をかけるか、魚フライに何をかけるかというあの問題に似て収拾がつかなくなったので、この辺でやめて話を変えよう。

この頃、あたしは南カリフォルニアですばらしいものを見つけてハマっている（いや、別にハマってることに関しては読者のみなさんはもう驚くまいが）。それは缶入りの「八宝粥」というものだ。台湾の食べ物らしい。台湾系マーケットで安売りしている。

作っている会社にもよるのだが、だいたい原材料は、水・糖・緑豆・麥片（オートミール）・糯米（もちごめ）・紅豆（あずき）・花豆（べにばないんげん）・花生（ピーナツ）・桂圓（りゅうがん）・玉米澱粉（コーンスターチ）・薏仁（はとむぎ）。

缶には、加了燕麥的好滋味！（オートミールが入ってさらにおいしくなった！）、伝統的點心老少咸宜適合（どんな世代にもぴったりの伝統的軽食）、冬天早午餐熱食、夏天的涼點（あたためて冬の昼食に、ひやして夏のデザートに）などと書いてある。

惹句《じゃっく》におびきよせられて買い求め、気に入り、ハマり、食べつづけている。香甜（あまくて）不膩（ノンファットだからさっぱりしていて）口感絶佳（口感が絶佳で）だ。

そのままでもいいが、グラノーラやチアシードと混ぜて食べれば、チアの自生するような荒れ地に（そういうところにあたしは生きているのであるが）しとしとと、アジアのモンスーンの雨が、滋味もゆたかに降りそそいでくるような気がする。そうやって毎朝食べてるうちに、それなしでどうやって生きていこうと不安になってきて、日本に帰ったら、どうやって手に入れればいいか必死で考えていたところであった

（そしてAmazon.comで買えることがわかったのだが）。

そのうちに思い当たったことがある。いやもっと早く思い当たれと我ながら思ったが、これはつまり、あたしが冬の日本で探し求める、缶入りのしるこドリンクそのもの。つまり、しるこドリンクの缶の入っている自販機さえ見つけておけば、すべては解決するのだったたったたっっ。

茶する

白状します。実はあたしは、お茶やコーヒーの味があんまりわからない。緑茶と紅茶とコーヒーの区別はつく。麦茶と爽健美茶の区別もつく。お茶やコーヒーに入っているというカフェインは、あたしには効かない。モンスターエナジーでも眠眠打破でも、飲んだ一時間後には爆睡できるのである。

じゃなぜ飲むかといえば、わからない。現代生活で人はそういうものを飲む習慣だからとしかいえない。ビールなら違いがわかるから、どうせならビールを飲みたい。

だからしばらくあたしは、お茶もコーヒーも飲まずに、水と白湯《さゆ》を（そしてビールとワインを）飲んでいた。日中スタバで人と会うときも、水のボトルを買っていた。

それがこの頃きゅうに緑茶を飲み始めた。伊藤園の抹茶入り緑茶のプレミアムティーバッグというのをカリフォルニアの日系スーパーで売っていて、何の気なしに買ってきて飲んだら、緑色でコクがあっていやみがない。しょせんあたしの舌だから信用できないが、ウマかったのかもしれない。それでハマって飲んだ、飲んだ、仕事中飲み続けた。二十袋入りの箱を何十個も飲み尽くした。

飲んでるうちにお茶の淹《い》れ方も熟練してきた。煮立っているお湯で淹れたらだめだというのを聞き知って、調べてみた。するとお茶の種類でも違うが、だいたい八十度。それであたしはぐらぐら沸いたお湯に水をざっと入れ、何度になるか神のみぞ知るの心意気で温度を下げる。そうやって淹れたお茶はウマい気がするが、断言できない。そもそも大きいマグカップにどぼどぼと淹れてる時点でだめかもしれない。

カリフォルニアに住んでいると、よく日本の人がお茶をくれる。軽くて日持ちして、いかにも日本的なものだから、人もくれやすいんだと思う。しかし、実は、お茶はカリフォルニアでも手に入るのだ。日本食屋で買ってる例の抹茶入りのプレミアムティーバッグはもちろんのこと、袋づめのお茶っ葉《ぱ》も、玄米茶も、抹茶も、普通に買える。アメリカでは緑茶は健康によいと喧伝《けんでん》されているから、日系スーパーに行かなくとも、近所の食料品店でも Green Tea のティーバッグが買える。ときにジャスミン味だったりマンゴー味だったりミント味だったりもするが、緑茶には違いない。

しかしそれでも日本の人は、日本を忘れるなとばかりに袋づめのお茶をくれつづけるから、うちの棚には何本も何本もたまっている。いつか飲まなくちゃと思っていたところに夏が来た。暑くなって、冷たいお茶を飲みたくなった。それでふと考えた。お茶っ葉を粉砕して、粉末にして、ぬるま湯と混ぜて、氷をぶちこんだら、冷茶が簡単にできるのではないか。そしたらお茶っ葉をいちいち捨てなくてもいいのではないか。何袋もあるから、あれをぜんぶそうやって飲んだらいいのではないか。体にいい緑茶が、お茶っ葉ごと、食物繊維もカテキンもカフェインも各種ビタミンも、そっくりそのまま。ごくごくと。

先祖代々、急須でじっくりと淹れてきたお茶っ葉である。それを、コーヒーミルで（まずよく洗って拭《ふ》いて、コーヒー臭を取りました）音もかぎりと粉砕し、粉末にした上でポットにざざぁっと入れ、ぬる湯を入れて、しばし待った。上澄み液をカップに入れて、氷を入れて冷たくした。できあがったのを見れば、濃い緑である。カテキン（渋み）、テアニン（旨み）、カフェイン（苦み）、そしてクロロフィル（葉緑素）に一斉攻撃をかけられたような、そんな飲み心地で、こりゃ覚醒する、すっきりする、とごくごく飲んでいたが、飲むうちに舌触りが変化してきた。つまり、つまり粉砕した茶っ葉が水を吸い、でも水に溶けずに底に溜まり、お茶というよりは、へどろへどろした泥濘《ぬかるみ》のようになってきたのである。もはやテアニン（旨み）なんて奥にスッ込み、カテキン（渋み）とカフェイン（苦み）が前面にしゃしゃり出て、お茶というよりは劇薬で、どこまで苦みに耐えられるかというがまん大会みたいな感じになってきたので、粉砕粉末茶、飲むのをあきらめた次第です。

〈茶が飲めなくなって〉

ある日、喫茶店で抹茶オレを頼んだ。少しして胸焼けしたのを感じた。こりゃいかんと思ったがすぐ忘れた。数日後、また別の喫茶店で抹茶オレを頼んだ。抹茶オレが好きなのだ。ところがまた胸焼けが、今度は胸焼けどころかむかつきが止まらなくなって、ついにトイレに駆け込んだ。それ以来抹茶も煎茶もペットボトルのお茶も飲めなくなった。麦茶なら飲める。今は、時間ぐすりというのが効いて、体が、摂取したカテキンやテアニンやカフェインを忘れるときを、ただ待っているのだ。

ジェロする

あたしはもう数週間にわたって、Jell-O（ジェロ）というものにハマり、食べつづけている。いわゆるゼリーの素《もと》で、ゼラチンに人工的な着色料やら甘味料やら香料やらがどっさり入っていて、アメリカのチープな国民食の一つなんである。

作り方はちょー簡単。一箱の粉が十七グラム、そこに熱湯カップ二を入れてよく混ぜ、さらに冷水カップ二を入れて混ぜ、冷蔵庫で四時間冷やせばできる。この四時間が待ち遠しい。ときどき指をつっこんでみずにはいられないから、四時間後には指の跡がいくつもついておる。

味は、原色のイチゴ味（赤）、ラズベリー味（赤）、チェリー味（黒い赤）、オレンジ味（オレンジ色）やライム味（緑）……。でもコーヒー味がない。あの日本で、ものすごくメジャーなコーヒーゼリーがないのである。

ではこういう赤や緑のゼリーの素が日本にもあるかと探してみたら、あるにはあるけど、プリンの素とコーヒーゼリーの素に阻まれて、ぜんぜんメジャーな存在になってない。

ハマる心はおそろしい。一旦《いったん》ハマるや、それがないと生きてる気がしないのだ。因果な性格だとわれながら思う。これなら、何かとんでもないものにもハマれるんじゃないか。たとえば鉛筆とか、靴底とか、使用済みバンドエイドとかだって、いったんハマれば食べつづけられるんじゃないかとさえ思う。

ある日とつぜん目が覚めたら食べたくなっていたのだ。数日前のこと、近所のスーパーのお惣菜コーナーに大容器入りのゼリーがあったのをちらりと見て、アラ、ウマそうと思ったが思い留まった。それが心の底に潜んでいたのかもしれない。目が覚めて最初に考えたのも、あそこに行ってあれを買ってこようということだった。ところが、そのときに限ってそれがなかった。その途端、執着の心がめらめらと燃えあがり、あたしは箱入りのゼリーの素、つまりJell-Oを十個ばかり買って帰り、作って食べた。それ以来買いつづけ、作りつづけ、食べつづけている。

うむ、以前もこういうことがあった。バウムクーヘンにはまったときだ。愛別離苦と求不得苦。欲しいのに得られない目に遭って、それで食べたさがつのるのである。

Jell-O の透き通ってつるんぷるぷるの感触は他のつるんぷるんとしたものと違う。寒天、こんにゃく、葛湯、葛餅、葛桜、わらび餅、れんこん餅……どれも違う。ゼラチンだから、煮こごりに近い。しかしあんまり人工的で安っぽい。それでいろいろ工夫を施《ほどこ》してみた。

そこにぷるぷるのチアシードを入れたら、ダブルぷるぷるじゃと考えた。ところが失敗した。チアのせいでジェロは固まらなくなり、ぐちゃぐちゃになり、形をなさなくなった。次に牛乳を入れてピンクのゼリーを作ろうとしたがそれも失敗した。Jell-O と牛乳が分離して、牛乳入りの部分は少し古い血糊の白いのみたいになり、ももやで、ぐずぐずで、でろでろである。ああ、日本語のオノマトペは便利すぎる。どんな状態だって言い表せて、言語とは呼べないところまで走っていきそうだ。

それで今は箱に書いてあるとおり、いや、カップ二分の一ほど水を多くして、ゆるめに作る。歯を使ってごきゅごきゅと食べるより、歯を閉じたまままちゅるちゅると吸うようにすすり食うと、ゼリーが、ゼラチンが、ジェルが、ジュレが、歯のすきまから入りこんでくる感触が、原色もきつい香料も人工甘味も忘れさせるほど、ウマい。

〈ポテトチップスの現在５〉

日本に帰り、ここでの（誰もいない）生活で、夫のことをあれこれと思い出し、悪い記憶より良い記憶の方をより思い出し、本当はケンカばかりしていたのに、記憶が浄化していったみたいに、懐かしく思い出すというのは、カルビーの「堅あげポテト」に出会ったからだ。本場のケトル式のような堅さ、そしてとんでもない二つ折り率。半分くらい二つ折りかもしれない。二つ折りを作ることを目的に機械を開発したのかもしれないと思うほど。それで、これを食べるたび（しょっちゅう）、そういえば夫が、と思い出し、ああいう愛情もあったのだと納得することになったのだった。

バナナする

夫が死んで料理をするのをやめた。業《ごう》というものを肩から取り下ろしたようにすっきりとしている。なにしろ以前は、夫どころじゃなく、子どもまで何人もいたから、つねに料理をしていたあたしである。こないだ死んだ夫の前にはまた別の夫がいて、そのときもまたつねに料理をしていたのである。

料理をやめてから、バナナばっかり食べている。それで本腰を入れて、バナナというものに向き合いはじめた。

カリフォルニアのスーパーのバナナの棚にどさっと入荷されるのは、青々としたバナナである。日が経つにつれて黄色くなる。すっかり黄色くなった頃、また青々としたバナナが箱から出され、並べられ、黄色いのは端に寄せられ、次の日には店頭から消える。人は、とにかくそこにあるバナナを買って帰り、青ければ数日間待って、熟れさせてから食べる。

うちもまさしくそうだった。そしてあたしはその頃バナナを食べなかったから、ただ無作為に買ってきて、台所に置いておくと、いつのまにかなくなるから、また買った。ときどきサンドイッチに入れたり、パンケーキに混ぜ込んだり、熟れすぎたやつをつぶしてバナナブレッドにした。

ところが今、バナナに向き合うあたしは、その熟れ加減にものすごく敏感だ。娘たちが、一人一人バナナの好みが違うことにも気づいた。

あたしは皮に点々が浮かび、かなり黒ずみ、皮が薄くなったくらいのが好き。でもその状態をちょっと過ぎると、甘さが薄れ、口の中で果肉がもろもろに崩れて粉っぽさが舌に残る。綱渡りみたいにバランスが要る。

ところが娘の一人は、全体がまったりと黄色くなったやつがいいと言う。もう一人は緑色がかった薄黄色がいいと言う。皮に点々が浮かんだら熟れすぎで、食べると口の中がイガイガすると言う。あたしは反対に熟れすぎていないとイガイガするのである。

それでこの頃は、バナナを買うとき、ぽんと一房買うのではなく、一、二本ずついろんなのを買ってきて熟成度を試す。

ここで思い出したことがある。熊本にバナナの専門店があるのだ。昔何かで読んだのだが、あれから年月が経ったし、地震もあったしと、調べてみたら、昔通りに営業している。

熊本の古い街並みの続くあたりにお店はあり、その名も「松田青果」。バナナを自社の専用の室（ムロ）で熟成させて売るバナナ屋さん。昭和元年創業というから、九十一年間数代にわたってバナナについて考えてきた人たちがここにいる。

在熊の友人に頼んだら、さっそく行って写真を撮って送ってくれた。店頭に黄色い完熟バナナの房が所せましと並ぶ様子は、あたしにはティファニーやミキモトの陳列窓よりキラキラしく見えた。

それぞれのバナナ房に「もっちり食感。甘さが残る」や「あっさり食感。甘くてさっぱり」とバナナ愛にあふれた説明書きがある。棚の隅には（あたしにとっては究極の）点々の浮いたバナナも置いてある。

そんなバナナのウマさもあんなバナナのウマさも十二分に知り尽くした九十一年間のバナナ愛のすさまじさ。こんど熊本に帰ったら、必ずその店を訪れ、バナナする。

あとがき

食べ物エッセイをふつうに書こうと思っていたのであります。

やはり今まで六十数年間、食べてきたわけだし、食べ物にはさんざんこだわってきたのだし、家族にごはんを作ってきたし、いろんなところに行った、住んだ、食べた経験はあるし、カリフォルニア在住で、国際的な複合文化の家庭だし、文化や文化を比較考察しながら、食べ物について考えを深め、ウマいマズいを究め、なんてことを考えながら書き始めてみたら、ちっともそんなふうに書けないのだ。書けなくて焦ったのだ。そしてそのうち、なんだか気がついてきたのである。

もしや食べ物とは、食べ物のふりをしているが、ほんとは何か別のものなんじゃないか。別のものとは一体なんだろうと考えていっても、よくわからない。もしかしたら自分じゃないかという気さえ、しきりにする。

もしかしたら自分じゃないか。

食べ物とは、わたしから遠く離れた場所で、育てられ殺され、ないしは作られ収穫され、製造され、流通され、こうして手元にやってきて、わたしの口に入り、そしゃくされ（このあたりでウマし、マズしと考えたのち）食道を通り、胃を通り、吸収されて便となって排出される。そういう物だ。

なんと、それが、わたし自身であったということか。

文庫版あとがき

『ウマし』を書き終えたのが二〇一七年。それからあたしの人生激変し、二〇一八年の春に日本に帰り、熊本に住み、週一で東京に出て、枝元なほみの家に居候しながら、早稲田大学で教え、サイゼリヤとコンビニと枝元食で生きていました。二〇二〇年の春にはコロナ禍で、熊本を動かなくなり、あたしは自炊をするようになり、こだわるものをとことん食べつづける、いたってウマし的な状況です。

雑誌「honto＋」での連載時は三枝亮介さんにお世話になり、単行本化のときは中央公論新社の三浦由香子さんにお世話になり、このたび文庫化にあたっては同じく中央公論新社の横田朋音さんにお世話になりまして、大塚真祐子さんには身に余るよな解説をいただいて、この本ができあがったわけです。

ありがとうございます、そして、ご馳走さまでした。

解説

大塚真祐子

『ウマし』はたしかに食べ物をテーマにしたエッセイであるが、これまで読んだことのあるどの食エッセイとも違っている。食卓に寄りそう幸福な記憶、料理という手仕事のやさしさ、美味と名文、語りつがれるレシピ、情報としてのグルメなど、連想される謳《うた》い文句をつらつら並べてみても、どれも『ウマし』という本の一部でしかないか、まったくあてはまらない。

『ウマし』は伊藤比呂美の三冊目の食べ物エッセイ集である。

料理研究家の枝元なほみとの往復FAXをおさめた『なにたべた?』では、それまでの家族を解散し、子どもたちを連れてカリフォルニアに移住する前後の怒濤の日々が、気のおけない友人へのあけすけな言葉で記されていた。

『またたび』では、カリフォルニアでの生活がはじまり、家族のためにがむしゃらにつくられる料理や、アメリカの食文化をとおして、異国に暮らすことの自由と不自由を垣間見ることができた。

二冊の刊行からおよそ二十年のときを経て書かれた『ウマし』では、家族のために台所に立つ詩人はもうどこにも見あたらない。子どもたちは家を離れ、イギリス人の夫は連載中に亡くなるが、本書でそのことにはほとんど触れられず、ひたすら詩人と食べ物がまるでつかみあうように、殴りあうように、闘いあうように対峙している。家族のために料理をつくりつづける日常は過ぎ去り、もっと根源的で本能的な生きのびるための食べ物、自分を生かすための食を、詩人はひたひたと模索している、ように見える。

好きなものも嫌いなものも、甘いものも苦いものも一緒くたにすすり呑む、そう、この本そのものがずるりとした卵かけご飯のようなのだ。二十年のときを経ても、詩人の卵好きと卵かけご飯への愛情は変わらない。そしてそれは『ウマし』連載開始の前年に亡くなった父の記憶ともつながる。

〈卵の殻にちょいと箸で穴をあけて、そこからしょうゆを少したらして、ちうううと吸って呑む。「たちまちげんきになっちゃうよ」とあたしに語ったのは蛇の父。〉（『ま

たたび』所収「しろみちゃん、卵ですよ」より）

〈昭和三十年代、元気が足りない、精をつけたいと思うと、父は、生の卵の殻に、箸でコツリと穴を空け、そこから醬油をたらーりと垂らし入れ、そのままゴクリと一気に呑んで、「おー、元気になった」と言う父を、あたしはかっこいいと思っていた。〉（『ウマし』所収「生卵をゴクリゴクリと」より）

父が生きていたころと、父がいなくなってからの息づかいの違いを幾度もたしかめる。生きていた人が老いをかさねやがて死ぬことを、その時間もふくめて詩人がまるごとひき受けているように感じる。が、切なる記憶の連鎖だけで終わらないのが、伊藤比呂美という人の唯一無二たるゆえん、いまもほどよい交友のつづく枝元なほみに連れて行かれたフレンチレストランで、「黒トリュフのかき卵」に感動し、〈人生の最後には生卵かけご飯とひたすら思ってきた考えを一気に〉改めることになるのだ。〈味のすべてが、一言で言い表すなら、獰猛《どうもう》だった。／枝元やあたし自身のこれまでの数十年間を思い起こした。〉あたしたちは同い年で、二十代の初めに知り合って、今は六十を少し過ぎている。四十年間、つかず離れずつきあい続け、お互いの男はぜんぶ知ってる。ここ数十年間、あたしは東京に行くと枝元の家に泊めてもらって、猫と寝る。その猫ももう何代目かだ。あたしたちは今まで、この一皿の卵と同じくらい獰猛に生きてきた。〉（『ウマし』所収「浄土行きのかき卵」より）

『ウマし』が連載されたのは二〇一三年から二〇一七年。その前後に書かれたものまでさまざまな文章を読んでみると、詩人の横顔、背中、足どりをまざまざと目にすることになった。

父親を、同じ年に犬のタケを見送ったことについてはそれぞれ『父の生きる』と『犬心』に、夫の死については本書と並行して書かれていた『たそがれてゆく子さん』に軽やかに深々と綴られている。『ウマし』と『木霊草霊』の二冊だけいくぶん印象が異なり、全編をとおして食と植物というテーマがそれぞれ明確につらぬかれている。あえてその題材で書くのだ、そこにわたしは手を伸ばすのだ、という意志を感じた。

そうやって手あたり次第に読んでいると、「伊藤比呂美」が紙の上にむくむくと起きあがってきた。それはソバージュで笑顔をたたえた女性の姿をしているというわけでもなく、二次元にきざまれた文字たちが共鳴し結びあい、やがて渾沌の渦となりその渦の内側へ、読む自分がすっぽりと入りこんでいく。詩人の言葉をたぐるとき、想像のなかでわたしはいつも詩人の内臓だった。詩人の体内で、どこだかわからないが内臓のわたしは息をひそめて、詩人の鼓動に勝手に耳をすませるのだ。詩人も生きているし、わたしも生きている。ゴクリゴクリと取りこまれた言葉はひっきりなしに流れてくる。

＊

たとえば生ぬるい風の吹きすさぶ夜半、蛍光灯の平板な明るさにさらされて、家までの道を一歩また一歩と、足をすすめるごとに自分の体が音もなく削《そ》がれていくような、刺身のように筋や血管をすきとおらせ、来た道を削がれた自分がおり重なっていくような感覚におそわれ、もうだれかの正しさを生きるのに疲れ果てた、わたしはあなたの母でも娘でも妻でも恋人でもなく、本当は欲望の在処《ありか》をなぞってくれる指がほしいだけなのに、指がすぐ意味になろうとすることにもうんざりして、わたしはひたすら感情ではみ出したい、どこまでも間違えてわたしはわたしをわからなくしたい、と思ったとき、わたしには伊藤比呂美の言葉があった。それは暗闇をするする伸びて、わたしの目の前へと流れてきた。次から次へと流れてきた。

詩人も老いていく。わたしも老いていく。

『なにたべた?』を読んだころ、一緒に暮らしていた恋人のことをひどく傷つけて別れた。そのあともいくつかの出会いに翻弄され心身を痛めつけ、やがてわたしは妊娠して子どもを生んだ。子どもはもうすぐ学校へとかよう。持ち物はまだ準備できていないし、名札も付けられていない。袋の一枚一枚、クレパスの一本一本まで、ひらがなで名前を書いてやらなくてはいけない。

〈むかし「ちーしたい」「ちーでる」って教わったでしょ。覚えてる? 1歳とか2歳のころ。ちーしたいときは「ちーでる」って言えば、トイレに連れていってもらえてさ。あれよ、あれ。あれがまだできてない感じ。「ちーしたい」も「何かたべたい」も「せっくすしたい」も、なんかはっきりきちんと感じとれないまま、人に伝えられないまま、生きてきちゃったような。〉

〈食べることは、なんでこんなに強迫的なんだろう。〉(『なにたべた?』所収「満タンにしたい口と空っぽの冷蔵庫」より、3/25伊藤比呂美のFAX)

伊藤比呂美もそうなのか、まだ他人に左右されて、窮屈で、キレて苦しくて泣くのか、とそのころ思った。それは絶望のようでもあり、希望のようでもあった。欲望の在処をなぞってくれる指がほしいとずっと思っていたけれど、いつまで経ってもやって来やしない。わたしはわたしの指でしかたなく暗闇をなぞりながら、生ぬるい風に向かってときどきふと、ひろみさーん、と叫んでみる。

（おおつか まゆこ／書店員）

『ウマし』2018年３月　中央公論新社刊
文庫版刊行に当たり加筆しました。

初出
「honto+」連載「ウマし」
（2013年７月号〜17年12月号掲載、15年１月号を除く）

中公文庫

ウマし

2021年3月25日　初版発行

著　者　伊《い》藤《とう》比《ひ》呂《ろ》美《み》

発行者　松田陽三

発行所　中央公論新社
〒100-8152　東京都千代田区大手町1-7-1
電話　販売 03-5299-1730　編集 03-5299-1890
URL http://www.chuko.co.jp/

ＤＴＰ　嵐下英治
印　刷　大日本印刷
製　本　大日本印刷

Published by CHUOKORON-SHINSHA, INC.
Printed in Japan　ISBN978-4-12-207041-7 C1195

中公文庫既刊より

各書目の下段の数字はISBNコードです。978-4-12が省略してあります。

い-110-1
良いおっぱい 悪いおっぱい〔完全版〕 伊藤比呂美
一世を風靡したあの作品に、3人の子を産み育て、25年分の人生経験を積んでパワーアップした伊藤比呂美が大幅加筆!「やっと私の原点であると言い切ることができます」
205355-7

い-110-2
なにたべた? 伊藤比呂美+枝元なほみ往復書簡 伊藤比呂美 枝元なほみ
詩人は二つの家庭を抱え、料理研究家は二人の男の間で揺れながら、どこへ行っても料理をつくっていた。二十年来の親友が交わす、おいしい往復書簡。
205431-8

い-110-4
閉経記 伊藤比呂美
更年期の女性たちは戦っている。老いる体、減らない体重、親の介護、夫の偏屈と。ホルモン補充療法に挑戦、ラテン系エクササイズに熱中する日々を、無頼かつ軽妙に語るエッセイ集。
206419-5

あ-11-7
少年と空腹 貧乏食の自叙伝 赤瀬川原平
日本中が貧乏だった少年時代、空腹を抱えて何でもかんでも食べ物にした思い出。おかしくせつなく懐かしい、美食の対極をゆく食味随筆。〈解説〉久住昌之
206293-1

あ-13-6
食味風々録 阿川弘之
生まれて初めて食べたチーズ、向田邦子との美味談義、海軍時代の食事話など、多彩な料理と交友を綴る、自叙伝的食随筆。〈巻末対談〉阿川佐和子〈解説〉奥本大三郎
206156-9

い-116-1
食べごしらえ おままごと 石牟礼道子
父がつくったぶえんずし、獅子舞にさしだした鯛の身。土地に根ざした食と四季について、記憶を自在に行き来しながら多彩なことばでつづる。〈解説〉池澤夏樹
205699-2

う-9-4
御馳走帖 内田百閒《ひゃっけん》
朝はミルク、昼はもり蕎麦、夜は山海の珍味に舌鼓をうつ百閒先生の、窮乏時代から知友との会食まで食味の楽しみを綴った名随筆。〈解説〉平山三郎
202693-3

か-2-7
小説家のメニュー
開高　健

ベトナムの戦場でネズミを食い、ブリュッセルの郊外の食堂でチョコレートに驚愕。味の魔力に取り憑かれた作家による世界美味紀行。〈解説〉大岡　玲

204251-3

く-25-1
酒味酒菜
草野心平

海と山の酒菜に、野バラのサンドウィッチ……。詩作のかたわら居酒屋を開き、酒の肴を調理してきた著者による、野性味あふれる食随筆。〈解説〉高山なおみ

206480-5

さ-61-1
わたしの献立日記
沢村貞子

女優業がどんなに忙しいときも台所に立ちつづけた著者が、日々の食卓の参考にとつけはじめた献立日記。工夫と知恵、こだわりにあふれた料理用虎の巻。〈解説〉平松洋子

205690-9

し-31-6
食味歳時記
獅子文六

ひと月ごとに旬の美味を取り上げ、その魅力を一年分綴る表題作ほか、ユーモアとエスプリを効かせた食談を収める、食いしん坊作家の名篇。〈解説〉遠藤哲夫

206248-1

し-40-1
コーヒーに憑かれた男たち
嶋中　労

現役最高齢・ランブルの関口、業界一の論客・バッハの田口、求道者・もかの標。コーヒーに人生を捧げた自家焙煎のカリスマがカップに注ぐ夢と情熱。

205010-5

た-22-2
料理歳時記
辰巳浜子

いまや、まったく忘れられようとしている昔ながらの食べ物の知恵、お総菜のコツを四季折々約四百種の材料をあげながら述べた「おふくろの味」大全。

204093-9

た-33-22
料理の四面体
玉村豊男

英国式ローストビーフとアジの干物の共通点は？　刺身もタコ酢もサラダである？　火・水・空気・油の四要素から、全ての料理の基本を語り尽くした名著。〈解説〉日高良実

205283-3

た-34-6
美味放浪記
檀　一雄

著者は美味を求めて放浪し、その土地の人々の知恵と努力を食べる。私達の食生活がいかにひ弱でマンネリ化しているかを痛感せずにはおかぬ剛毅な書。

204356-5